The Art
of Folding

折叠术

时代出版传媒股份有限公司
安 徽 文 艺 出 版 社

陈崇正 著

The Art
of Folding

The Art
of Folding

折叠术

陈崇正 著

ARTTIME 时代出版
时代出版传媒股份有限公司
安徽文艺出版社

图书在版编目（CIP）数据

折叠术/陈崇正著.—合肥：安徽文艺出版社，2018.7
ISBN 978-7-5396-6378-4

Ⅰ.①折… Ⅱ.①陈… Ⅲ.①中篇小说—小说集—中国—当代②短篇小说—小说集—中国—当代 Ⅳ.①I247.7

中国版本图书馆 CIP 数据核字(2018)第 125996 号

出 版 人：朱寒冬
责任编辑：姜婧婧　刘　畅　　　　装帧设计：张诚鑫

出版发行：时代出版传媒股份有限公司　www.press-mart.com
　　　　　安徽文艺出版社　www.awpub.com
地　　址：合肥市翡翠路 1118 号　邮政编码：230071
营 销 部：(0551)63533889
印　　制：合肥华星印务有限责任公司　(0551)65714687

开本：880×1230　1/32　印张：8.75　字数：230 千字
版次：2018 年 7 月第 1 版　2018 年 7 月第 1 次印刷
定价：35.00 元

目录

自序:我的碧河世界

小说集的名字,最容易偷懒的做法就是选取其中的篇名来做书名,所以有了《折叠术》,也是对以前“分身术”系列小说的一种呼应吧。但它本来的书名,应该叫《寻欢》,也就是这里第一篇小说的题目。“寻欢”这两个字来自我小时候最喜欢的武侠人物李寻欢。小李探花放荡不羁而又用情至深,武功深不可测却有一身坏毛病,简直就是所有希望成为坏男孩的乖小孩无比向往的精神偶像嘛。年岁渐长,我也到了李寻欢辉煌登场的年龄,没有爱情,也没有飞刀,却逐渐领悟到“寻欢”应该是这个时代最生动的精神符号。人生而寻欢,却总是无可奈何地落入不堪,忧伤的欲望总是站在诗意的背面。

这个集子里的故事都发生在虚构的碧河镇,那里碧河流水,叮咚作响如小诗。这十二个故事,也是十二个平行的时空,十二种忧伤,十二支孤独之歌。你若足够细心,还可以发现它们之间居然也有一些关联,彼此呼应,篇目之间都是好朋友。如果你读过我的其他中短篇小说，大概也能看到有些人物会在这本书里面与他的命运继续遭逢。

当然，把它们放在一起也会有问题，因为它们并非写于同一个时间，创作的时间跨度甚至超过十年。这也意味着我必须花费更多时间来修改它们，使其有理由被放在同一个集子里。

修改意味着重读。重读以前的小说，这种感觉像什么呢？就如我非常喜欢逛寺院，与大佛相比，我喜欢看十八罗汉，喜欢欣赏他们的神情和动作。在我看来，小说有长篇和短制，长篇应该是如来佛祖或者千手观音，而短篇小说就应该是罗汉，像罗汉那样精致、灵动、欢腾、安静、务实、紧凑，总之丰富各异而又非常有表现力。优秀的短篇小说，应该是可以像罗汉一样平等地摆放在一起，无论是抡着棒子还是手结定印，都能达到一种动态的平衡。

花费时间修改小说，看似不比新写一个小说划算，但其实也给了我反观过往的机会。我慢慢意识到我精神地理的迁徙，开始从“半步村”到“碧河镇”，可以预见不久的将来会走进“美人城”。这确实也符合我的成长轨迹，从农村到城市，或者说人在城市，却也心心念念农村的种种物事。我的世界版图在扩张，我的碧河在往前方延伸，我并不知道这究竟是好事还是坏事。

在电影《2012》中有个场景：末日来临，总统女儿和科学家讨论文明的价值时提及一本卖不了五百本的书。黑人科学家说，这本书因为被他阅读，所以也“已经成为人类文化遗产的一部分了”。我写着，也和其他人一样,常常怀疑写作的意义,也怀疑究竟有没有五百个读者认真读过我的小说。大概夜路总是要走的,秉烛总比摸黑好一些。就如一只鸟轻轻停落在枝头,而它的爪子握住树枝的一瞬,就注定最终还是必须飞走。

2017 年 11 月于北京师范大学

寻欢

一

风筝下方的围墙重建了我的忧伤。说这句话的时候，我感觉自己的语气显得做作，所以我在输入框里头又加上了一句：这句话是我妹妹说的。我的妹妹太多，我经常借用她们来撒谎。但网络那边的李寻欢，只是回了一个笑脸。隔了很久，他才说，他想去一趟北京。我朝窗外看去，外面那只艳俗的风筝正在风中挣扎，而风筝下面，并没有围墙，不过是一片灰蒙蒙的空气，以及作为背景的灰蒙蒙的楼房。我很想跟他解释一下，所谓的围墙，只是一种感觉，或者是指空气，或者不是，其中的焦灼难明，不是几句话能讲得清楚的。但李寻欢似乎感觉到了。他说，我们去看樱花吧。

这是我们的例牌行动。我们登录美人城世界，选择了我们最为熟悉的33区。在这个虚拟的世界里，他一身黄色的锦袍，而我穿着一袭碧绿的护身裙。他身形起落，在每一棵树最细小的顶部脚尖轻点，潇洒至极，飘飞在空中，而我紧紧相随。脚底下众多的玩家见到李寻欢出现，都退避三舍，采用隐身模式来保护自己。李寻欢和以往那样，见神杀神，见佛杀佛，横行无忌，宛若一头下山的猛虎。飞刀到处，哀声连天，在别人乱糟糟的时候，只有他保持了一贯的优雅。和以往一样，在穿过紫色森林的时候他开始变身，伪装为行动徐缓的初级玩家，轻轻拉着我的手，说，走吧，看樱花去。

樱花谷就在紫色森林后面。这里人迹罕至，仿佛是美人城这个虚拟空间中唯一一个没有任何用处的地方，因为无利可图，无怪可打，所以没有人愿意穿过危机重重的紫色森林来到这里。李寻欢说，这样的地方，一定是创造美人城的那个人寄放内心柔软的所在。这里只有琴音袅袅，落英缤纷，并没有其他东西。我们还和以往一样来到山涧旁的小亭中坐下，相对无言。他没有像以往那样发呆，而是突然问我，你到底是男是女？

我没有接话，反问道，你为什么要去北京？

在这一问之前，我从来不知道这个李寻欢的原名叫作钱玉龙，多么俗的三个字。叫这样名字的人，大概是不配看樱花的。只有李寻欢可以，在美人城的世界里，只有李寻欢能孤独地往来。李寻欢说，他读大学的时候，就是一个学渣，一个经常不及格的学混子。在来到美人城世界以前，他玩过许多游戏，但都被揍得不成人样。其实进入美人城世界也是一样。有一回,他在醉仙楼喝酒,结果隔壁桌的四个人过来寻事,他们头上都带着三级的光环,一招就把他打趴下了。他只能躲进八仙桌底下,缩着不敢出来。他明白,只要出来,他们每人一掌,他的号就算挂了,一切都要重新来过。这是残酷的战争,他必须死死守住。如果此时下线退出折损的能量,大概也等于自废武功。于是,他整整在八仙桌底下待了六天。这六天,他吃饭睡觉都是在学校附近的网吧。他啃着方便面,喝着矿泉水,而此时八仙桌外头,都是吆喝声和叫骂声,他只能狼狈地忍耐着,防备着偶尔低能量的袭击。外面四个人轮番守着他,他们似乎也很有耐心,团队作战,将他作为入瓮的猎物,志在必得。他们的目的很简单,要么他受死,要么他爬出来,跪下磕头叫爸爸。

没有第三种选择了？我问。

没有了,丛林法则永远这么残酷。

二

这样的局面一直到李三哥出现,才得以扭转。当日李三哥也来醉仙楼喝酒,目睹这种恃强凌弱的行径,于是出手了。他大概花了一个上午的时间,反复周旋,才打退了那四个人,将他救出重围。于是李三哥就成为他的大哥。大哥带着他闯荡江湖,那些日子,他内心时时充满了暖流。作为江湖中一个小虾米,他感到安全,他终于能安全地打怪应敌,而不怕孤立无援。遇到劲敌,大哥都是挡在前面,让他先走。捡到什么好的装备,大哥都是让他先用,因为“我比你强,不用也行”。但其实没有良好装备还真的不行,在美人城世界中待的时间长了,他逐渐明白大哥三级半的修为,在整个美人城中真的只能算是极其普通。遇到五级的高手还能勉强顶一阵子,遇到六级的,就只能直接续命了。有一回,在光明洞里,涡流强大,高手混战,大哥带着他贸然进去了,险些出不来。两个人是爬着出来的,丢盔弃甲,之前这段时间两人辛辛苦苦在一起打怪的所有修为都差不多给打没了。出了光明洞,大哥一言不发。他说了一些打气的话,但大哥依然呆坐在石头上。最后大哥才说,以他的能力,他压根不应该带小弟,但既然带了,就得负责到底。大哥说,因为工作变动,他也不能经常玩游戏,所以想把整个ID都给他。“这几个月的观察,我觉得你玩游戏还是很有天赋的,只是原来的ID级数太低,你根本没法发挥。”这简直是巨大的诱惑,于是他嘴上说,那我替你保管一段时间吧。但实际上,接过ID之后不久,他就修改了密码。李三哥将ID给了他之后,申请过一条小号,叫“李三哥的影子”。这条小号玩了几回,就再没有上线了。

而与此同时,他才发现李三哥这个ID中巨大的秘密。他逐渐懂得,三级半的号,居然能够抗衡五六级大咖的攻击,实属异常。顺着这个线索追下去,他终于直接打开了李寻欢的封印,自此升级为李寻欢。在培育李寻欢期间,他用伪装术,躲进了紫色森林里,一直将李寻欢升为九级。

这应该是整个美人城世界中第一个九级的号，举世震惊！他慢慢也明白，在整个美人城世界，只有一个ID具有李寻欢的封印。在打开这个封印之前，他无数次假设自己混入某个门派并得到真传，但现在，什么都不用了，一把小李飞刀，所到之处，无论什么活物都灰飞烟灭。他慢慢与这个游戏的创造者有一种心意相通的感觉，或者说，他置身其中，感受到某种说不出来的孤独。在遇到我之前，他喜欢一个人静静在樱花谷中看樱花。美人城世界中的老玩家，都明白樱花谷是李寻欢独享的禁地，入谷者死。

我遇见他的那天，他正伪装成一个和尚，扶危济困，打抱不平，常常还被三四级的家伙嘲讽和吆喝。但他不生气。他在光明洞里面把我救出来。我只是好奇进去看看，没想到光明洞如此暗无天日，我只能躲在角落里哭。我的护身裙也被打丢了，几乎衣不蔽体。扮成和尚的李寻欢将我带出来，他居然用一招“拂袖”就抵挡了所有的攻击，这个动作太帅了，简直把我看呆了。

在光明洞口，我说了一句话。我说，幸好存在被打死的恐惧，这个游戏还不至于太过无聊。这句话让本来打算离开的李寻欢停住了脚步。他转过身来，黄色的僧袍非常好看。他什么话都没说，过来带着我就腾空而上。那是我第一次感受到绝顶的轻功，行走在大树的尖顶上，衣袂飘飘，视地面上的一切为芸芸众生。

后来他说，我在光明洞口说的话无意中点醒了他。自从成为李寻欢之后，他一直觉得闷闷不乐，但他不知道为什么不开心。我的话让他明白他的病是因为"无聊"。这个词从他的词典里已经消失了很久，所以被重新唤醒时，他顿然觉得似乎明白了什么。但他离不开美人城世界，离不开李寻欢，因为离开这一切，他无疑就是一个废物。

三

那是我们最后一次看樱花。在樱花谷里，古老的琴曲乍听不过当当作响，但慢慢地安静下来，就能知道里头高低起伏的哀与乐。李寻欢说他听了我的话，曾经在纸上写上"无聊"，又在纸的背面写上"恐惧"，在纸上翻来覆去地看了半天。他说他要去北京一段时间，担心他不在线的时间，我会受伤，所以又给我送了一些装备。向来，他给什么，我就拿什么。我明白这些装备在别人，可能千难万难，但在他，只要想要，是毫不费吹灰之力的。这些年，他基本上就是依靠售卖各种装备混日子，过得还不错。他给我快递过一个诺莫斯的腕表，就因为听说我喜欢包豪斯的设计风格，喜欢诺莫斯，所以就直接下单买给了我。当然，另外一种解释是，他想通过这种方式取得我的地址和联系电话。我都给了，他却从来不会拨打我的电话。或许他在拨出号码的时候犹豫过吧，我猜。他给我快递的是一款女表，但最后一次在樱花谷，他却问我，你到底是男是女？我笑而不答。

我给他寄了一个口罩,在他去北京之前。他明显很激动,说好几年没收到礼物。他输入这句话的时候速度很快,似乎在等我再说一句什么,我却只告诉他北京不仅有霾,还会下雨,让他带好雨伞。

他当然都带了。为了这次出门,他足足准备了半个月。他说他从来没有坐过飞机。他最熟悉的地方是网吧,然后是他自己的房间。他已经搬出他寡母的家,自己在外面租房子住。房间里有电脑、床、空调、洗衣机、厕所,其他的一切都可以通过网购和外卖解决。"我如在狱中。"他手里摩挲着口罩时告诉我,他就像一个活在口罩里的人。如今,他要鼓起勇气,变成街上另一个戴着口罩的人。他说他做得最多的梦就是在空中飞翔,大概梦里还是施展轻功的李寻欢吧。我告诉他飞翔的梦与性欲有关,然后发了一串笑脸。他没有回复。

可以感觉得到,他每次不得不走出自己的家门时内心有多么恐惧。他每次都是在电脑上将要去的地方每一个细节都看清楚了,需要如何转弯,需要过多少红绿灯,事无巨细地记录在本子上。而现在,他需要去坐飞机,需要自己主动去往另一座城市。他鼓励自己,必须主动从无聊走向恐惧。

你一定要去吗?我问。

一定得去,"李三哥的影子"上线了,要我去。他说。

那个叫"李三哥的影子"的 ID 已经很久没有上线了,他说看到大哥终于上线了,突然悲从中来,眼泪哗哗流。大哥这次说话很简练:

“病危,时日无多,来京一聚。”然后是联系电话和地址。

他很着急,急于出门;所以半个月后,他出门了。

四

下了飞机,他并没有看到别样的风景。这些戴了口罩的城市,看起来都并无二致,连污浊的空气都如此相似。一切都如他所料,按照攻略中预订好的酒店和饮食,他在传说中的北京城中,走路,吃食,睡觉,呼吸。他背着包出门了,包里是他的电脑,电脑里有他的李寻欢和美人城世界。在医院的电梯里,他摘下口罩,闻到一股说不出的味道,他又把口罩戴上了。

“大哥”就躺在床上。她已经不会说话了,像一块沉默的柿饼。没错,是她,一个胖女人。床边坐着一个有胡子的男人和一个猴子一样的女人。看见他进来,胡子男人和猴子女人都站起来,对他笑。他们礼貌地寒暄,一句接着一句,就如篮球投篮却没有一个中,这让习惯于独居的人非常不习惯。钱玉龙。他们重复了两遍他的名字。当知道他没有正经工作的时候,他们脸上闪过一种说不出的表情。他们打量了他的衣着打扮,那是一身过于刻意的行头,在病房里显得如此不合时宜。在他们东一句西一句的谈话中,李寻欢逐渐了解了他的“大哥”,占据了整张床的这个胖女人。她原来是某个部门的公车司机,因为单位的司机太多,通常她也不用出车,有大把的时间玩游戏。但后来公车改革、人事改革自然就把她辞退。下岗不失业，她对新鲜事物倒是自来熟，很快就成为一名网约车司机，做得还不错。“滴滴快车，知道吗？”他们向他介绍。自从自谋生计之后，她就没有玩游戏，一直到她不舒服，到医院被查出癌症，这大概就是她乏善可陈的整个一生。她时而昏迷时而清醒，有一次迷迷糊糊说她有一个游戏账号，价值千万，但醒了之后又否认。“我们是她的弟弟和妹妹，觉得有必要查一查这事，后来就联系到你。”胡子男人和猴子女人盯着他，那眼神像是四只洛阳铲，要从李寻欢身上挖出宝贝来。“价值千万”这四个字让李寻欢内心一惊，仿佛自己掉入了某种圈套。按照他们的理解，这个网络ID也属于她的遗产之一，需要大家一起“商量商量”。

他很快注意到病房的门口也站着两个人，内心有说不出的恐慌。在逃出来之后，他给我打电话，向我描述当时的情景，用了“羊入虎口”“坐以待毙”“命悬一线”三个成语来表达惊慌的心情。“我只能用最后一招，将我的电脑作为抵押物放在他们那里，还把电脑密码告诉他们，他们可以随时登录。我出了医院，在商场的一家电脑店里，很快就修改了登录密码和ID密码，电脑就算给他们了，也基本是个废电脑。”说这些的时候，他还只是一个大男孩，仿佛在玩一个捉迷藏的游戏。

“你‘大哥’怎么办？”

“我不知道，我有点乱。”他停了一会儿才说，“很高兴你是个女的，我一直拿不准你是男是女。大哥是女的，我很担心你是男的。这个世界有太多完全相反的东西。”

“电话里是女人的声音，不一定是女的哦，我有很多妹妹，我男女通吃!”

他哧哧笑了，并长长呼出一口气：“谢谢你!”我没有再说什么，他说他会换电话号码，也会换住的酒店，或者还会去别的地方待一段时间，然后就挂断了电话。

他说他一定会来找我，但他终究还是没有来。这是他第一次给我打电话，也是最后一次。

五

后面的故事就改变了它的走向。这个叫钱玉龙的公民失踪了，因为这最后一次通话的缘故，我被叫去公安局配合调查，录了口供。那是一个漫长的过程，漫长得让我希望遗忘所有的细节。

我是一个非常讨厌麻烦的人。

录完口供出来，我留意到走廊长条铁椅上有一个女人眼睛直直地看着我。我走出公安局，她也跟了出来。我隐约感觉到一团麻烦正在跟过来。我本能地想摆脱她，我很想告诉她，我愿意过离婚独居的生活，就是因为我害怕麻烦。我很想转过头去告诉她，拜托别再跟着我，我能知道的全部，已经都跟警察叔叔说过了。

但这个女人只是跟着我，她没有叫住我，大概走了一百米，我忍不住站住，转过身去。我还没有开口，这个女人就扑通跪倒在地上，呜呜地哭着，她这个突然的举动让我手足无措。当时刚下过小雨，地上都是水洼，泥泞不堪，但这个衣服白净的女人，不管不顾，跪在那里。完全不用介绍，这就是钱玉龙的母亲，一个早年没了丈夫的女人，钱玉龙是她的独子，也是她的灾难和痛。我把她扶起来，我只能把她扶起来。我不能让一个跟我母亲差不多年纪的人朝我跪拜。与她四目相对时，她的那张脸，和“李寻欢”钱玉龙有一种隐约的相似，神奇的基因无时无刻不发挥它表达自身的威力。她的眼中有一种说不出的光芒，大概就是母性之光吧（抑或我只是想为我的失态找一个理由）。总之我竟然忍不住走过去搂住她，也呜呜大哭起来，哭声比她的还大。

我的情感汹涌而出，仿佛决堤的洪水，无法自已。她见我哭得比她还伤心，脸上掠过一丝诧异。“我跟他没见过面，就只打过一通电话。”我努力克制地呜咽着说出这句话。我必须讲清楚，我们不是恋人，也没有任何肌肤的接触。我怕她误会，因为任何误会都会带来更多的麻烦。她说，你真是个好孩子。我只能说，我只是想起了一些别的事。其实我也不知道在内心的最深处，我究竟压抑了什么，为什么面对这样一个女人，我会哭泣。

她姓曲，叫曲曼。她这样介绍自己。但其实我从与李寻欢往日的聊天里获取的信息比这个名字多得多：鞋厂的退休女工，喜欢看哲学书;结过两次婚,钱玉龙九岁的时候死了爹,她没有再婚,一直独居到现在。钱玉龙初中时候曾偷看她在家里约会其他男人,自此母子关系很差,经常聊几句就开始提高嗓门吵架。在他看来,他母亲很固执,很难沟通,认定的事情就不会改变。和母亲吵得最凶的一次,他曾尝试过自杀,但终于还是被母亲救了。此后他就搬出了母亲的家,自己租房子住。

而现在,这个被他描述成老妖怪的女人就和我并肩走着,她说话克制而谦逊,举止优雅,一点都看不出是从工厂退休的,倒有点像退休的女教师。我就是这样夸她,应该是夸对地方了,她有点羞涩起来:"以前在工厂里,我们组建了读书会,我会给工人们提供心理咨询和一些杂七杂八的兴趣辅导。我都是自学成才,没什么。"这种貌似谦虚的背后,其实是将自己和一般的鞋厂女工区分开来,也意在告诉我,她的与众不同。这样的聊天方式多么似曾相识,美人城世界里的李寻欢,也是用这样的节奏跟我交流。说实话,我有点担心她的精神状态,总觉得这样的聊天会让我置于危险之中。这种感觉像什么呢?哦,对了,就像我这种笨手笨脚的人,在厨房里打鸡蛋,却总担心磕一下用力过猛把整个蛋壳都打碎了,黏糊糊的满手都是蛋清。

我们在街角的一家星巴克坐下,她开门见山,希望我能帮助她。我问她为什么不等警察去查呢,为什么一定要自己来。她沉默不语。我似乎也懂得她的意思,这么多年的独居生活,一定让她更相信自己。

至于她自己能做些什么，她其实又没有完全想清楚。她絮絮叨叨说了一些话，我这才注意到她说话的特点是非常容易跑偏，不小心就说到完全不相干的事情上面去了。比如她谈到钱玉龙曾经给她买过一份保险，就是作为独子的钱玉龙有个三长两短，她就会获赔一笔数目不菲的养老金。也因为这个原因，警察对她做了详细的盘查，让她觉得自己十分委屈。讲了半天保险的事，之后她才绕回来，说："他十分孤僻，不跟人交往，你大概是他唯一的朋友。如果你不帮助我，那我几乎对他后来的生活一无所知。他以前自杀过，现在失踪，我担心他陷入自己布置的心理圈套里出不来，做了傻事。"她的泪又来了，她哭了一阵，又用纸巾擦了。我留意到她还化了妆，只是这一哭，脸上都是凌乱的风景。她大概会意到了，离开咖啡馆时，她从包里拿出口罩来戴上，只留一双布满红丝的眼睛露在外面。背后是晃动的玻璃门，一只黑猫从咖啡馆里头跑出来。

六

美人城世界从没有如此无聊、庸俗、黏稠、乱糟糟。我孤身一人穿行其中，不时被搭讪，我毫无例外报之以必杀技。我独自在樱花谷的亭子里呆坐了一个下午，只有琴音与鸟鸣，别的什么也没有。整个世界枯寂无趣，偶尔有凤凰从谷底腾空而上，它会在我头顶盘旋一圈，凝视，眼神中静谧无物。如是者三，重复多了就更加无趣，我只能离开樱花谷,独自晃荡。很多地方我还没有去过,比如鳄鱼池。那些脏兮兮的怪物,我是敬而远之的。以前李寻欢说踩着它们的头在水面上跳舞非常好玩,那是因为他武功高强,没有什么东西能伤害得了他。我则不行,道行不够,只要走近,鳄鱼就会袭击我。但被鳄鱼袭击又有什么所谓呢?凡所有相,皆是虚妄。我一步步走近,仿佛已经闻到鳄鱼的腥味。我蹲下,用手撩拨这池水,水面悠悠荡开一片涟漪。这时我察觉到背后似乎有人盯着我看,回头看时,却是一头公鹿,顶着骄傲而巨大的角,站在离我十步之远的地方,眼神忧郁。就在这时,我感觉整个人天旋地转,回头看时,左臂已经被一头鳄鱼咬住!鳄鱼体型巨大,翻滚着,拖着我往水里去。我一惊,连发两个必杀技,换血,腾空,这才从池中跳出,但浑身已经湿透。我察觉到自己已经满头大汗,仿佛做了一个噩梦,于是点击退出登录,慌慌张张逃了出来。我呆呆望着暗下去的屏幕,仿佛屏幕背后有一个圆形的沙堆正在被大风吹散。这时左臂却猛地一阵疼痛,我不禁"啊"地叫出声来。为什么虚拟世界里的伤,会传导到我身上来呢?不知道,我揉了揉左臂,隐隐感到左臂正在发抖。

我站起来,到客厅里倒了一杯水,坐到看得见阳光的地方。那头公鹿的眼神又重新浮现在我的眼前……我噌地站了起来,水杯险些落地!难道那头公鹿是他?不可能吧!但它是不是一直跟着我?不知道。

我内心有点乱了，走进厕所，洗了一下脸。我看着自己的脸，感觉自己正在一点点变成一头鳄鱼。我对着镜子笑，但这样的笑容看上去一点都不漂亮。我开始担心我自己的精神状态——可能絮絮叨叨的曲曼阿姨反而是正常的。眼不见为净，我扯了两张纸巾贴在镜子上。这时另一个念头在我心里浮现，把我吓了一跳："应该存在一个真实的曲曼阿姨吧?"

肚子一点都不饿，我重新坐到电脑前，打开屏幕，一条来自美人城世界的留言跳了出来："被麒麟血烫伤的手臂是麒麟臂，被鳄鱼咬伤的手臂应该叫鳄鱼臂吧？简称鳄臂。"我喃喃念了两遍"鳄臂"，才发现是"二逼"的谐音，哑然失笑。再细看，消息竟然是匿名的，我便随手删了。李寻欢如果不是失踪，而是躲起来，这样的结局显然比较合乎逻辑。或者说，我内心一直是这样想的：他没有死，也没有失踪，只是厌倦了自己，躲起来换一种活法，就如换一个口罩，换一个马甲。

七

在虚拟现实已经普及的年代里，这种私人行刑场显得如此平常。但曲曼阿姨依然反复盘问所有细节，那个穿着花衬衫的光头佬显然很不耐烦，他一遍遍强调所有应该说的，他都跟警察说过了。确实有一个高个子男人来这里体验死刑的经过，但他只在店里玩了两个小时，然后就付款走了。他随手送给店里小妹的电脑包，也都上交了西宠警方。知道的他都说了,所以他真的没有什么好说的。曲曼阿姨突然提高了嗓子:“什么叫没什么好说的?所有监控都显示我儿子没有回家,而是从北京直接飞到西宠,到了西宠之后没有住酒店,而是直接来到你店里,然后就失踪,你说怎么跟你没关系!”光头佬辩解说店里的监控显示他确实离开了:“不信你可以沿着这条街去问问,一定有其他人看见过他。”曲曼阿姨不依不饶,还想跟他吵,被我拉开了,我将她带离那家店。阳光照在曲曼阿姨涂满大红唇膏的大嘴唇上,仿佛阳光都是红色的。她一句话都没说,一路气嘟嘟的。到了酒店门口,她突然站住了。她说她的情绪调整过来了,确实不应该动气,把人家惹急了什么都不说就更没办法。她建议两个人分开行动,她到周边的小巷子去转转问问,让我继续回到店里,跟人家好好聊一下。

我点头表示同意。来西宠已经第四天了,一无所获。我们商量过,打算明天如果还是找不出个所以然,就回去。西宠是钱玉龙计划之外的一个地点。没有人知道他为什么要在飞机起飞之前三个小时,将从北京飞广州的机票,改签为北京飞西宠。我在各种视频中看到这个心事重重的人,他在想什么呢?如果不是在视频中看到这么一个活物,我甚至都有点怀疑自己是不是有心理问题,怀疑这个叫李寻欢的虚拟人物是不是真实存在,还是他不过是美人城世界的虚拟人物角色,是个会聊天的人工智能机器人……这个世界会不会就是一个更大的游戏世界?

还没走进私人行刑场，远远就看到那颗光头。光头佬蹲在门槛上用螺丝刀在挑鞋底的淤泥和小石头，他的光头露在阳光里，而身子隐在阴影里，看到我回来，对我笑了一下。

这家店的门面不大，左边是一家刺青店，右边是一家宠物医院，为了显眼，他们故意把外墙都刷成了黑色。走进门，墙上刷了一行白色的字："机器静静地工作着，静得叫人几乎忘记了它的存在。"破折号后面的落款写着"弗兰兹·卡夫卡"。我还真不知道卡夫卡说过这样平淡无奇的话，姑且相信之。光头佬笑嘻嘻地问我，是不是还想回来吵架。我说不是的，我想行刑。我说，我们说的那个人，他选用的套餐，你也在我身上来一遍。光头佬说，你可能会受不了。我说，我受得了。但光头佬将套餐菜单递给我确认时，我后悔了。因为上面有一项写着"奇痒，程度10"。我咬咬牙，还是签了名。

光头佬带着我穿过一道挂着塑料帘子的铁门，再往右边拐，一条狭小的楼梯通道出现在眼前，跟着往前走，感觉自己像一只艰难游向子宫的精子。在楼梯的转角处的黑色墙壁上，用白色的字写着另外一句话："他强使自己往前走，至少走到城堡的入口。"后面画了一个非常抽象的字母K，料想这应该也是《城堡》里面的句子。我被带进了二楼的房间，喝了一杯水之后，光头佬开始介绍烦琐的注意事项。

"什么人才会来你这个鬼地方参加这样的体验？"

"姑娘，别看不起我这个小店，劫后余生、大彻大悟、生无可恋、极度虚无的种种人和鬼，甚至半人半鬼，都能被超度，只要给了钱。每个人无论富贵贫贱，最后都必须回到自己的城，我这里是唯一的入口。”

“什么城？”

光头佬笑而不语。我在心里倒是浮现了“美人城”三个字。如果说美人城是我和李寻欢的天堂，那么在这里，我们都会去往各自的地狱鬼城吧。正出神中，恍恍惚惚，我就被塞进一个看起来像直立的棺材一样的木箱子里，手脚被绑紧，嘴巴里被塞进了一个毡团，还十分考究地被戴上口罩，大概是怕我呕吐弄脏他的棺材箱子吧。最后头上被戴上一顶类似摩托帽一样的东西，覆盖了眼睛和耳朵。箱子的门轰隆一声关上，我内心猛地一惊，心想这下子他们要是把我连同箱子一起运到非洲去，我也只能任由他们摆布。我想起《史记》里吕后有一种酷刑叫作人彘，就是将人的四肢砍掉，五官弄残，眼耳鼻舌身意六根清净，就是直接变成蠕动的毛毛虫，只剩下吞食的本能和皮肤的触觉，万籁俱寂，一灵独觉，很快生而为人的意识应该会一点点消失在完全的黑暗之中吧。

正当我浮想联翩之际，城门大开，天空之城的窗突然打开，一道强光扑面而来，然后我就看到自己赤身裸体站在风沙里，口里塞了毡团，双手被绑在背后，动弹不得。脖子上居然还十分讽刺地围着一条红领巾，算是我身上唯一的装饰了。我仔细看过了自己的身体，骂了一声该死，他们一定扫描了我的身体，连同我乳房中间的黑痣都显现无遗。

估计我在这里接受死刑的同时，那个光头佬和他的兄弟们也正在外头360度无死角地欣赏我的身体！念及此，我不禁脸红心跳起来。在这生命尽头无尽荒凉的设置中，我心中竟然蒸腾起汹涌澎湃的情欲，这让我感到难堪。就在这时，我听到了一阵山羊咩咩的叫声，同时，身体慢慢舒展开来，双足朝前伸出，两头公羊缓缓走来，伸出粗糙黏稠的舌头开始舔我的脚底。三秒之后，我终于忍不住笑出声来，三十秒后，我的笑声转而为哭声，最后我也听不出我嘴巴和鼻子里发出来的究竟是哭声还是笑声，总之鼻涕眼泪都出来了，我猛烈地咳嗽。这种瘙痒的力度刚好，仿佛海水把我整个淹没……二三十分钟之后（也许真实的时间没有那么长），我感到自己乏力地抽搐着。这种感觉在哪里出现过，是的，那个男人在我身体里猛然抽插的时候……我的左边出现一头狮子，右边是一排枪口，好像有子弹从我脑袋里穿过去，但一切都已经不再重要了。

我醒来时，发现自己就躺在酒店里。摸摸胸口，好在身上都穿着衣服，周围灯光昏暗。曲曼阿姨就坐在旁边，她浓妆艳抹，膝盖上放着一台笔记本电脑。见我醒来，她面无表情，用她的手指拨动鼠标："你离婚，是因为被抓奸在床？"我没有回答，显然，她正在网络上搜索我的过去。我只是想和我喜欢的妹妹睡觉，这关他们男人什么事？什么叫淫乱？你们整天都是意淫！我都不屑成为男人！但我没有说出来，我也不想为我的过去辩解。"你倒是挺勇敢的嘛！"曲曼阿姨突然在背后摸索着，掏出一把手枪，我惊叫一声让她别冲动，但她不管不顾，果断举起手，嘭地对着我的前额就是一枪……

我在哪里？我是谁？我想醒来！

真正的醒来，还是在行刑场的店里。我被平放在一张按摩床上，浑身无力，呼吸急促。大地毫无道理地摇晃着，旁边的窗户上有雨滴啪啪打着。我挣扎着坐起来，发现下身已经湿透，不知道是因为兴奋还是被吓尿。初步判断后者的可能性更大。一个穿着工作服的胖阿姨走进来，递给我一杯温开水，然后让我在账单上签名。她告诉我此刻夜已深了，光头佬老板回家写诗去了（他竟然还是个诗人？），外面雨还挺大，但她可以送给我一把雨伞。

八

寻找李寻欢的事，并没有任何结果，也没有呈现任何意义。李寻欢成为一段空白。空白就是你不知道他为什么开始，也不知道他为什么结束。从西宠回到广州，夜空里望见小蛮腰，内心不觉涌起一阵酸楚。就像登录一次游戏，又从游戏里退出来。下飞机，拿行李，和曲曼阿姨挥手作别。她说了几句言不由衷的话，我都没记住。一个转头，我瞬间差不多忘记她是一个什么样的人了，倒是她在我梦里开枪的情节，仿佛一个伤疤一样被记录了下来。

如果你要问我，曲曼阿姨是一个什么样的人，我只能说，是一个容易被忘记的人。其实我也是。

日子在继续,李寻欢不见了,钱玉龙也没有再出现,这二合一的一个人,就这样被列进了失踪人口的名单。此后我登录过两回美人城世界,里面发了英雄帖,说开放李寻欢的角色设置。所以一夜之间,街头巷尾到处都是穿着李寻欢衣服的人。这个时候,美人城世界突然让人无比倦怠,我甚至有点怀念与之相对的地狱,那家私人行刑场。有一回我梦见光头佬就蹲在店门处,醒来时还能记得他。那天光头佬为什么要弄掉鞋底的泥土,他在掩盖什么?但又觉得自己的想法太过于神经质。这个世界每天都在死人,凭什么要求每个你认识的人的离开都需要理由呢?

几个星期之后,我因为一场离奇的车祸在医院里住了半年,出院之后发现房子已经被房东租给别人,我的所有物品被房东堆在杂物间里。我勃然大怒,对着手机发了一通脾气。房东挂断电话,我只能无助地蹲在楼梯上哭泣。一只黑猫追着另一只黑猫从楼下跑上来,被我的哭声吓了一跳,掉头逃走。

我查过,账户上离婚时对方分给我的钱已经差不多快花完了,我明白自己接下来的正确做法无外乎搬家和找工作,混进上班下班隐约相似的人流里,混入巨大的机器里。“机器静静地工作着,静得叫人几乎忘记了它的存在。”这句话在脑海里闪过去。我在包里翻出当日西宠那家私人行刑场门店的账单,账单上有门店地址和电话，我像个机器人一样拨通电话，问他们是否需要招聘新员工，我愿意过去工作。

2017 年 6 月 5 日

念彼观音力

一

“昨天早上我去菜市场买菜,看到一条鲤鱼从水槽里跳了出来,重重摔在地上,左右翻腾着。我正想过去把它捡起来,卖鱼的却说,别捡,让它在地上蹦跶一会儿,蹦不动再捡回来,它就老实了。”

她说话,眼睛看着后视镜。崔浩不知道怎么接话,所以他就没有接。

崔浩将车窗关紧,空调调大。

她接着说:“想着有人说鲤鱼跃龙门,就是说人怎么也得有梦想,你说对吧?但万一你生来是菜市场的那条鱼,总以为跳出去就是大海,谁知道纵身一跃却落在地上,那怎么办呢?还不如留在水槽里呢。”

崔浩笑了一下,双手在方向盘上变换了一下位置。车子进入匝道,画了一个弧,上了高速,半步村在后面慢慢远退、变小,成为一个不能动弹的名词。对于一个离开半步村多年的人来说,故乡不过是一串包浆的珠子,牵挂摩挲,却早已经看不出最初的模样。崔浩每次回来都是匆匆一瞥,家里只剩下几亩阳桃园子,都是亲戚帮着照看。这一次回来过年,待的时间算是比较长的了,就因为年前把工作辞掉了,一下子多出了一个长长的假期来。

她又说:"在你们这些读书人面前谈这些,会不会被你们笑?你一定是在心里笑我!"

"快别这么说,"有一种聊天模式叫晒不幸,崔浩赶紧说道,"嫂子你这么说,我想到了我离婚,还有从原来的学校辞职,这些事都像是拔牙,拔出来就不能再种回去。所以啊,即使在地板上蹦跶蹦跶,也没办法了,你看我现在就是蹦跶着了。"他舔了一下嘴唇,最近说话少,偶尔说几个句子,都险些咬着舌头。离婚也不算太大的坏事,要命的是陷入中年的沉重里,意兴阑珊,对什么都提不起兴趣。整个春节他几乎每天都宅在家里写毛笔字,恍惚间都成了退休村干部的鬼模样。

"我知道你之前离过婚,还不知道你辞职,村里人都不知道吧?"

"是啊,我老妈拦着不让说,觉得没面子。之前我只是讲师,大家都叫我崔教授,现在不在高校工作了,这头衔也就保不住了。我老妈还怎么都要在村里一拨亲戚家里的中学生面前保持权威和神秘感,每逢高考时候,她都非得打电话咨询各种备考填志愿的事情,你说现在高考一年变一个样，每次把我弄得都得去问百度，各种尴尬……”

她沉默了一阵，才说：“好在你现在回来得少。你们的老房子夏雨斋都拆了，你就更少回老家了，所以能蹭你的顺风车，真是踩了狗屎运。”

“你上了车，我倒成了狗屎了。”

“哎呀，我不是那个意思……”两人笑。

车窗上忽然洒下几滴雨，一朵云飘过去，忽然又晴了。南方的天空总是这么忙碌。好吧，总算走在离乡的路上。他已经不太习惯老家的一切。家里人都说他这是城市病，住惯了城市高楼关门闭户的日子，现在一整个假期他都躲在二楼，只有吃饭时候才到楼下来。“那么……接下来有什么打算？”过年嘛，父母都在催问。父母催问的时候眼睛都没有看他的脸，总是看着门槛或者屋檐之类无关紧要的东西。

“先去云南转转吧。”他随口说。

“云南？云南是哪里？”老妈只知道半步村之外的地方都是北方，以为出了东州市就全都是外省的地界。他们对云南是哪里，根本就没有概念。

他朝电视柜下面药箱的方向指了指：“云南白药的那个云南，也不是太远，打算开车回西宠，再坐火车慢慢过去……去干啥？去看看有没有药材生意或者客栈民居生意，到时再看吧。”他不得不撒了个谎，要说是去散散心、发发呆，他们多半不信。

“你说你要去云南?”鹦鹉嫂子问。“鹦鹉”是她老公的名字,表哥走路总是弯着腰,外号就叫鹦鹉。

“我说过吗?”崔浩搜索着刚才的谈话,好像没提到云南呀,他只是刚好在村口,刚好就这样遇到了鹦鹉表哥的妻子,说是搭个顺风车。是他叫住她的,问嫂子要去哪里。她背着一个书包,上面是彩色的卡通图案,应该是女儿用过的旧书包,一个人低头走在村道上。他在她旁边停下车来,放下车窗,把她吓得脸色煞白。

“嫂子你要去哪里?”他又问了一遍。

“你要干……干啥?”她还没缓过来,慢慢才露出一个笑脸,“你要回西宠,那好！顺便载我一程,你看这破地方,公共汽车不通,出租车更不会来,我还想走去国道看看有没有大巴。”

“你去哪?”

“老娘生病,回一趟娘家。”

崔浩开始后悔刚才停车的举动。他大概脑袋进水,以为只是将她带出半步村,放在国道边上的车站就可以,没想到她得知他要回西宠,居然兴致勃勃地要跟着他一路到西宠,然后再转车回娘家。这个远房表哥的老婆,就这样入侵了汽车,她稳稳占据了副驾驶座,眼望前方,仿佛这个座位原来就是她的。这让崔浩感到沮丧,又不好发作。崔浩用食指敲击着方向盘,盘算着漫漫长路,该怎么样跟这个半熟不熟的嫂子说些什么。就在这个时候,鹦鹉嫂子不说话了,崔浩第一次感到车厢里有这么多空气。

崔浩干咳了一声，说：“你刚才说到菜市场的鱼，我倒是想起有个哲学家讲的一个故事……”

“说来听听！”她迫不及待插了一句。

“说是有一个人老觉得自己是一粒稻谷，结果就被抓进精神病院，接受治疗，病终于治好了，他也不再觉得自己是一粒稻谷，清楚自己是人类。于是办理出院，但到了门口他又缩回来了，他被一只母鸡吓得直哆嗦。他对医生说：‘我已经非常清楚自己是一个人，但门口的母鸡它知道吗？它不会吃了我吧？’”

崔浩哈哈笑了一下，鹦鹉嫂子却问：“然后呢？”

“没有然后，这是一个哲理故事，跟你说的菜市场的鱼有点类似。”

“哦，哈哈。”她应付地笑了一声，声音里充满了尴尬。

崔浩突然觉得很累。为什么会这么累呢？他决定选择沉默。这个时候鹦鹉嫂子突然幽幽叹了一口气，说：“你们有文化的人，会相信鬼神和菩萨吗？你说，人死了如果下地狱，阎王爷如果要把我变成一条鱼，或者变成一粒稻谷，你说我能不能跟他讲讲道理，让他别罚我？”

崔浩摇摇头：“这个不知道。”

“就知道你会说不知道，你又没见过鬼。”

“你见过？”

“我见过。”她答得干脆，这斩钉截铁不容置疑的语气，让崔浩又不知道怎么接话。

她打个了哈欠说，既然已经上了高速，她就睡一会儿。她还真说睡就睡，右手肘靠着车玻璃，头靠上去，很快就进入了睡眠状态。

“农村妇女。”崔浩脑海里闪过这四个字，同时也闪过对这种念头的忏悔：不应该瞧不起她，说睡就睡对许多所谓知识分子来说简直就是奢望，大学里有太多老同事都是失眠症患者，能睡个好觉就是最大的奖赏。去年就有人因为一个星期没睡结果跳楼自杀。这些年来，他也奇怪于自己总是如此，一边总有歪念头，一边又总为歪念头不停地进行自我审判。车在疾驰，这是车上静默者的游戏吧。大概每个人，都可能是一条鱼，也可能是一颗稻谷，或者同时是鱼和稻谷。

她呼出一口气，调整姿势，外套挪向一边，露出里面粉红色的衬衫，扣子没扣好，她居然没有戴胸罩，一只乳头若隐若现。崔浩禁不住多看了两眼，一股热力从腹部升起，整个人忽然精神了。他从内心批判这样一种心理状态，但自己的身体又如此诚实地苏醒了。嫂子大概三十好几了，有小肚腩，腰也粗了，但挺拔的鼻梁还是让她拥有非常好看的侧脸。这个侧脸唤醒了他的记忆，十多年前嫂子来到半步村的情景浮现在面前。那时候大概也是过年，鹦鹉表哥打工回来，带回来了一个漂亮媳妇。村子里都在谈论她作为城里人的白皙的皮肤和自以为大方的做作，前者多少有点女人的嫉恨，后者就比如过年发红包。在碧河镇，村子里过年的红包其实是非常有学问的，这是亲情网络中亲疏远近的权衡:你给我多少,我给你多少,大概就能取得平衡,这都是非常考验当家女人的生存本领的。在你来我往的互相表达中,多年来碧河镇的过年红包起步价一直在涨,从五十块一路涨到一百块。但结果,鹦鹉嫂子每个孩子都给了一个红包,大家喜出望外,结果回家打开一看,每个红包只有五块钱,一时间这件事炸了锅。因为交换回去的红包可都是五十块、一百块:“难怪这个女人姓曲,我看她姓取还差不多!”愤愤不平之后,有些人开始造谣说曲嫂子住过孤儿院,还在城里坐台做过小姐,是做那个的。

曲嫂子却依然我行我素。第二年春节,还是五块钱红包招呼大家,大家不接招,她就说半步村风俗不好,红包就是心意,太多钱大家都有压力。这大有移风易俗的意思,弄得大家跟他们夫妻俩说话都变得十分客气。鹦鹉表哥夫妇从大城市回来,钱没有带回来,倒是带回来了大城市的骄傲。他们看一切都不顺眼,喜欢发表意见,这里骂一骂,那里批一批,总有发不完的牢骚。从乡镇的破烂公交车、下雨必堵的下水道,到无所不在的垃圾堆,在他们看来通通都应该刷新重来。如果能有一键重装系统的功能,他们一定毫不犹豫换掉这个村。而最需要改革的,是村里逢年过节的拜神,简直就是封建迷信活动嘛!这些话偶尔说说也就行了,说多了就不识趣了。“你厉害你来搞咯!”但很明显,鹦鹉夫妇脾气挺大,却都没什么本事。回乡之后,他们从发廊做起,一路经历卖花、卖自行车,最后才开始卖猪肉。鹦鹉表哥愿意放下身段拿起屠刀，也是因为家里确实穷得揭不开锅了，刚好曲嫂子刚生下他们的第一个孩子，家里天一亮就柴米油盐酱醋茶，样样要花钱。终于在亲戚的劝说下，人高马大的鹦鹉表哥穿上了蓝布围裙，站在猪肉砧板后面，带着屈服的羞涩，对大家笑。这一笑果然亲和多了，大家仿佛都舒了一口气，觉得这样奇怪而不着调的一家子总算变成自己人了。像一块凝固的猪油开始在锅里化开了，鹦鹉表哥开始跟大家开玩笑，讲黄段子，调侃别人的媳妇，男人们也开始跟他玩开了。在半步村，男人们所谓玩开了，无非是打牌、搓麻将。自此鹦鹉表哥的猪肉摊通宵达旦灯火通明。

鹦鹉表哥开始只是玩两手，但慢慢大家就知道了他赌博的天分。确实，他总能扭转颓势，每天赌博赚的钱，不会比猪肉摊少。曲嫂子安顿完孩子睡下，开始偷偷抹眼泪，但她把话都咽下去。她明白能咽下话的女人，才符合半步村对女人的审美要求。谁都不喜欢一个夸夸其谈的女人，任何场合，表达意见都必须示弱，必须克制，只有这样，你在这个村子才能生存得更好。这是她从城市来这里之后学到的最大的生存之道。所以不记得从哪一天开始，她接过婆婆手里的篮子，开始挎着竹篮带着果肉祭品去拜神。

卖猪肉还是太累了，要起早摸黑，满手是油。在牌局里头赚到甜头的鹦鹉表哥，开始想着改行做点其他营生。半步村很多人做养殖，日子过得不错，养猪、养鹅、养鸡、养牛蛙……养殖不用每天都做买卖，是按批次赚钱的。但鸡鸭鹅这些动物都太烦了,饿了就叫。

“有没有什么动物是你不去找它,它也活得好好的,不会来烦你?”鹦鹉表哥问老婆。

“鱼。”

鱼在水里,隔着水,不长毛,不叫——这一切都非常符合要求。所以鹦鹉表哥开了一家水族馆。外面看起来是水族馆,里头其实就是一个小赌场,曲嫂子在店里帮忙卖烟,卖饮料,记录筹码。水缸里的鱼左闻闻右碰碰,看起来倒像是装饰。在村里人看来,水族馆绝对不是村子的装饰,而是一个笑话。村里到处都是鱼塘,大概没有谁会觉得需要弄个玻璃箱子来养几条金鱼。所以鹦鹉表哥的水族馆赌场在一年之后也就输掉了,他这才想起了他的鱼,带着鹦鹉嫂子租了个池塘养锦鲤。他的锦鲤鱼塘崔浩散步时倒是去过,离村落大概一里地,竹林环绕,挺安静的。锦鲤不是鲩鱼、鲈鱼、桂花鱼,锦鲤是与众不同的,锦鲤是用来观赏的,不是用来吃的。崔浩理解鹦鹉表哥的意思,即使鹦鹉表哥认为所有人都不明白他的意思。

他要一种区分,要出众,即使这样的出众显得像个升级版的笑话。

二

一辆车突然在旁边的车道呼啸而过,崔浩双手紧紧握住方向盘,一股海浪一样的气流涌过来,整辆车仿佛漂浮了起来,崔浩不由得踩了一下刹车。旁边熟睡的曲嫂子惊叫一声,脚一蹬,头在车窗上撞了一下。

“嫂子,没事吧?”崔浩一边稳住车,匀速前行,一边问。

曲嫂子揉了揉额头:“哎哟,没事,我模模糊糊还以为那辆大货车压过来呢!”

“这是到哪里了?”曲嫂子深呼吸了一下,顺便打了个哈欠。她一挺胸,两个奶子呼之欲出。她自己大概也注意到了什么,拉了拉外套,身子往后靠,坐直了。但安全带倒是把胸部的轮廓勒得更凹凸有致。

“还远着呢,嫂子要不再睡一会儿?”

“你也不用叫我嫂子,就叫我曲曼吧,我们年龄估计也差不了一两岁,我总觉得比你还小。”

崔浩一笑,带着一丝不易察觉的羞涩。他对自己身体的另一种诚实感到惊讶和不安。这样一个农村妇女,自己怎么会有想法呢?他注意到胯下已经旗帜飘扬,幸好人类都穿了裤子。

车里安静了下来,还是曲曼开始说话:“说到年龄,时间真的过得蛮快,记得当时刚来半步村的时候,什么也不懂,也不知道天上有这么多的神仙,我只知道观音菩萨。”半步村的神仙之多,崔浩到现在也数不过来,除了天公、天后、妈祖这些叫得出来的神仙之外,居然连街头巷尾一块石头也被唤作“石敢当”,初一、十五都有人去烧香拜祭,对着石头说着自己的心事和愿望。

“在半步村，一个女人，如果不会拜神，那就不是合格的女人。”曲曼说这句话的时候，有一丝感伤，“这都是命吧。”她说许多东西都是阴差阳错，当时她爷爷要将她嫁给一个瘸子，就嫁在西宠，但她不肯，离家出走，就遇见鹦鹉表哥，才有了后面的故事。“悲剧故事。”她补充说。如果没有鹦鹉表哥，现在她应该是一家鞋厂的女老板。崔浩问，瘸子家是开鞋厂的？鹦鹉嫂子曲曼也很爽快，说，现在想想，那个瘸子也不难看，总对她笑。但瘸子就是瘸子，少女时代谁不都是看脸、不懂事？她父母早年离异，她十五岁时父亲就去世了，母亲改嫁后就没联系，家里都是爷爷说了算。几十年前，爷爷被批斗，在台上弯着腰，脖子上用铁丝挂着沙包，血顺着铁丝往下滴，批斗会开了有几个小时了，爷爷觉得自己挺不过午后。瘸子的父亲是爷爷的学生，这时候冲过来对着爷爷就是一个耳光，把爷爷打翻在地，一顿臭骂，要爷爷跪着接受批斗。小骂大帮忙，爷爷跪着，沙袋落地，勒进脖子的铁丝也松了，命算是保住了。自此两家是世交，高二那年，瘸子的父亲来提亲，爷爷做事强势，非得定亲让曲曼嫁给瘸子。曲曼成绩不好，几番冲突之后选择了翻窗逃走，现在想来，像极了电视剧里的情节。爷爷一直是个傲慢的人，曲曼走了，他也不追不寻，只等着她来认错。“没错，他就是封建！”曲曼离家出走，走了另一条路。

“那爷爷呢？”

“死了，留给我一箱子信，毛笔字写的，信封上没有地址，只有我的名字。”曲曼说这句话的时候，仿佛是一尊石像，没有表情，也没有温度。

崔浩伸手打开音乐，许巍的声音在唱：“我坐在我的房间，翻看着你的相片，又让我想到了大理，阳光总那么灿烂，天空是如此湛蓝，永远翠绿的苍山，我爱蓝色的洱海，散落着点点白帆……”

曲曼笑了一下：“你看，车里都是关于云南的音乐，你很喜欢云南啊？”

“也谈不上喜欢吧，最近那边还打人呢，还总是听到导游坑人的新闻，但哪里不是乌烟瘴气呢？至少云南的天是真的蓝色的，不像这里。”崔浩望着前方灰蒙蒙的天色，感觉胯下早已经偃旗息鼓。车在高速上穿行，前后都没有什么车，一片空旷，这条高速公路好像可以一直通向天边，或者某个天涯尽头。崔浩内心浮动着一点小情绪，但他说不出那是什么，身边坐着一个妇女。“妇女”是什么意思呢？讲不清楚，反正不再是少女。记得以前觉得这些生过孩子的女人都老得不行，但年岁渐长，似乎频道都放宽了，这些大概就是“熟女”，像成熟的葡萄那样，比较甜，不会酸。

“打人没什么啦，以前半步村也经常打架的，也死过人，死人其实也是非常正常的事情……哦，就最近，有个老人烧死了，反正卧病在床，两个儿子都各忙各的，他自己做饭忘记关煤气炉，大概后来就烧起来，整个房子都烧塌了，只能找到几块骨头……”

“啧啧，真惨。”崔浩说。

“可不是，还有人说，老人经常在夜里哭，也不一定是不小心，可能是自己放火的。”

“放火烧死自己？”崔浩在想象那个场景，闻到烧焦的味道，浓烟滚滚，老人卧床就是不起来救火，“也可能是生病起不来吧？”

“谁知道呢！反正村里嘛，各种意外都有，每年都会死那么几个人吧。”

“是啊，不然也不用那么多神仙，整天需要你们去拜了。”

“我还是觉得只有观音菩萨在救苦救难，观音能知道一切苦。而且拜观音，一般就在盘子里摆个苹果什么的就可以啦，她都是吃素的，一炷清香，不像村里有些神仙，狗肉都能拿来拜祭。”

“有用狗肉拜的吗？哪路神仙？不会是吕洞宾吧？”

“那一年，我记得清楚，有一条狗，白色的，非常漂亮的白狗，跑到我们猪肉摊前面，大概是迷路了，我喂了一块骨头给它，它吃完了，看着我，然后走了。可是跑不远，它又回来，在不远处看着我。我又给它一块骨头。它是真饿了。后来，你知道吗，它真的靠近我，我居然可以摸它，它对我摇尾巴，用脸来蹭我的小腿，痒痒的感觉。但就在这时候，你表哥，他用网兜就把它罩住了，然后，他们就把它给煮了！煮成狗肉，还拿去祭神！我整整哭了两天，现在想起来还……”她竟然抹了一下眼泪。

崔浩赶紧帮她扯了一张纸巾。

她边擦着泪，边咯咯笑了起来，努力缓解这种尴尬：“你看我，你是不是觉得我这样非常可笑？死了爷爷没有哭，死了一条狗却哭起来。”

崔浩也不知道怎么接话好，所以他就没有说话。

“爷爷以前说，人是会变的，我没听懂，现在懂了。你表哥他以前不会这样的，在城里的时候，他热爱小动物，养鸟，养金鱼，还种多肉。但现在他竟然杀狗。那时候，我真的太气愤了，现在想起来，也气愤。”

“到服务区了，要不我们停车休息一下？”

三

服务区里，他们去买水果，卖水果的把他们当成夫妻，空气中有一丝小尴尬，但他们都懒得解释。除了水果，曲曼还买了两罐啤酒，大铁罐，拎上车。

“好多年没喝啤酒了，我们穷，我一直都很省，但我其实很喜欢喝啤酒，反正你开车喝不了，我自己喝。”说话间，她喝了大半罐。

啤酒喝下去，她脸很快就红了。她拍拍自己的脸蛋，笑着说话，声音也变大了：“以前，我们在深圳打工，你表哥高兴的时候，会让我也喝半杯，我有点酒精过敏，但我喜欢喝啤酒。他人真的不坏，以前真的还挺好的……”

“这话什么意思？你们平时处得不好吗？”

曲曼怔了一下,仿佛回过神来:“我刚才说什么呢?你是不是以为我们离婚了?不是的!……但你难道不知道,他经常打我?你回来得少,整个村子都知道他经常打我啊。”说这话的时候,她显得十分轻松,仿佛是遥远的事,完全没有刚才谈杀狗那么激动。

“打女人的男人,我瞧不起!”崔浩不知道哪里来的男子汉气概,仿佛被隔空点燃。

“他不但打我,他连他母亲都打,只要赌输,回家就打人,孩子也打,所以现在孩子经常跟她奶奶住,放学不愿意回家。”

曲曼掀起衣服,让崔浩看腰和小腿,确实都是触目惊心的痕迹。她完全没有意识到她在向一个男人展示她的身体。她居然还是有腰的,不是很粗,这让崔浩感到惊讶。

“那你为什么不报警?”

“报警?”曲曼摇摇头,“你不懂。”

她又喝了一大口:“不聊这个了。谈谈你离婚以后自己怎么解决问题的吧!”

“什么问题?”话说出口,崔浩突然就明白她说什么,猝不及防,没想到自己居然会脸红。

“看看你,脸比我喝了酒的还红。”曲曼有点兴奋,开始谈论这两年有了微信之后,村里多少男人戴了绿帽。说话间夹杂着笑声。有那么一个瞬间,她话语间隐约的信号让崔浩以为接下来马上会有故事发生。“车震”,他脑海里蹦出这个词,电视里的,狭小的空间,摇晃的车厢,咬住的嘴唇,渗出肌肤的汗珠……在离婚以前,崔浩有那么两回试图把妻子按倒在车后座浪漫一把,但两回都被拒绝了。一次是在海边,车开到沙滩上,夜幕降临,星野四合,裤子都脱了下来,但前妻还是挣扎着起来,大喊快透不过气来了,开窗开窗!第二次是在暑假,回到半步村,车停在空旷田野的小道上,前戏都做完了,但前妻总说外面有人偷看,不肯脱衣服。离婚以后,崔浩突然发现身边连个备选的性伴侣都没有,心空了,身体也空了。曲曼这个不速之客,突然来到他的车里,他在心里盘算着,其实自己跟鹦鹉表哥也不算太熟,这个嫂子只是平时遇到打声招呼,所以如果有什么越轨的事,应该也不算什么吧?他在为自己开脱的同时,又一转念:如果在车里脱光了嫂子的衣服,就是乱伦了。动了这样的念头,已然是罪过的。崔浩微笑着,内心却烽烟四起。他想起对曲曼印象最深的一次,是在他们的婚礼上,按照习俗,鹦鹉表哥喝完酒,就要开始闹洞房。一圈小伙伴都在讨论曲曼的皮肤,来自城市的白皙与光泽,他们都想乘机摸一把。“最好能摸一把奶子,好大……崔浩你就帮我们把风。”正是血气方刚的时候,崔浩在脑海里已经模仿了一百遍如何摸奶子,但他没有动,所以也不知道后来曲曼被摸了没有。他和嫂子始终隔着什么,这中间需要揣度,需要猜谜语,需要斟酌损益……他奶奶的,日子都过成这样了,难道连淫乱的勇气都没有了吗?

然而什么都没有发生，很多事情稍纵即逝，连一丝犹豫的痕迹都没有留下。一场暴雨让车速慢了下来，也让话题回到了这糟糕的天气上。“去他妈的天气！”崔浩他只能这样随口骂天气，他不明白刚才暧昧的话题是怎么样还未碰触便旋即消逝的，四周突然安静下来。雨水从天上倒下来，闪着黄灯的车子在缓慢移动，就仿佛是大海中的一叶孤舟。而暴雨中还有一场没有完成的性事，即使这只是崔浩的理解，它或许是一场气势庞大的性事，但没有了。思绪浮动，崔浩在考虑如果这个时候停车做爱，他是否真的有勇气吻下去。但曲曼显然并没有考虑这些，她的啤酒已经喝完了，眼睁睁看着前面的雨幕，挡风玻璃上有忙碌挥动的雨刷。

曲曼开始哭泣。按她的解释，喝完酒，她就想哭，这是自然而然之事。她以前身边的朋友们都知道她这一点，会在她喝完酒的时候原谅她的放纵。“我去参加爷爷的葬礼，其实也不是葬礼，就是烧了埋了，我都觉得他是在骗我，觉得他没死，就在某个角落看着我出丑、苦恼。活着的时候，他常常拿他的死来要挟我，什么不嫁人他死不瞑目之类的陈词滥调，他在他嘴巴里死了太多次，让人都麻木了。”爷爷去世之后，她去看过医生，吃过一段时间抗抑郁的药。从那一刻开始，她就已经没有朋友。她抽泣着说，有时候会想，她仿佛是被绑架来的，被爱情之类的概念绑架了。那时候满脑子是不切实际的幻想，还以为找到了一个能对自己好的男人，其他一切都是可以让步的。但到头来，落得这样的下场，看大雨下得这么大，她感觉自己整个人都要爆炸了。崔浩说，要爆炸，也别在车里爆炸，会把车子炸飞。崔浩说，他现在没有老婆，也没有工作，就只剩下这辆破车了。

“啊——”曲曼抱着头在车里大叫了一声，把崔浩吓了一跳。

“我们还是下高速，找个地方暂时避避雨吧，这样的大雨开高速太危险了。”崔浩轻声建议道，他心里的另一个声音却在说，他真的不是有意要安排去开房什么的，但一些预设的画面还是掠过脑际。

“我这是在干啥呢?”开车下高速的时候，他在心里问自己。

四

在一个海边小镇的宾馆里，他们过了一夜。镇上也没有什么像样的宾馆。这是一间双床房，两盏床头灯都是坏的，在两张床中间的墙壁上另外安装了节能灯泡。谜语一样的灯光并没有把整个房间填满。墙上挂着一台破电视，只有一个频道，崔浩打开电视，正在播一条新闻，说有个人乘氢气球被风刮走了，至今三天了依然下落不明。没什么好看的，崔浩关掉电视。窗外是车来车往的高速公路，窗户上方一台破空调呼呼地吹着，偶尔会发出咯咯的声响。关了灯，高速公路上的汽车灯光不时照进房间，搞得像舞会一样闪烁。崔浩干脆把窗帘给拉上了。雨早就停了，他们没有人想赶路。两个幽灵，各怀心事。

自从进了房间，曲曼就变得安静，不怎么说话。跟车上肆无忌惮地询问崔浩如何解决生理问题的样子相比，她似乎换了一个人，神情十分沮丧。她问崔浩微信里有没有半步村的朋友，崔浩说不多，但也有。她把手机拿过去，专门找了半步村的人翻了翻朋友圈。崔浩这才注意到她似乎没带手机。她说她早上走得太匆忙了，手机放在鞋柜上，没有带。崔浩笑她，说她一定是想借他的手机查岗，看看鹦鹉表哥在干什么。她没有接话，也没有笑，只是好像嘟囔了一句什么自责的话，然后倒头就睡。抱着她自己的被子，睡觉前她拿出纸巾擤鼻子，声音很响，似乎还在抹眼泪。

崔浩将之理解为内心矛盾，也猜想她并不是十分开放的女人。

“你说村里现在很淫乱，你淫乱过吗？”崔浩试图将话题引回到前面暧昧的语境。

没料到曲曼开门见山：“我今天来那个，所以跟你住一间房也无妨，你别多想，想干吗自己到厕所解决去。我累了，想睡一会儿，醒了之后，我想你帮我个忙。”

她缩进被窝里，没多久，就发出很响的呼噜声。

农村妇女！崔浩内心重新浮现这个词。她怎么这么能睡！他突然想，他今天这样算是什么事？如果被熟人碰到，叔嫂共处一室，狼狈为奸，这消息传到半步村去，还不死翘翘了。两人在大雨中跑来开房，但氛围有点诡异，他不知道该如何开始这个故事。现在已经不像以前，约个小女生开房，大家都心知肚明，各取所需罢了。大概是人越活越小心,总是追问意义。更关键的是,进了房间之后裤裆里一直软塌塌的,就没有奋勇向前的动力。他将被子盖在身上,手往裤裆里一掏,没出息的东西蜷缩在里头。拨弄了两下,内心居然没有任何波澜。窗外有屋檐上的雨滴打在窗外雨棚上的滴答声,一下下很结实。他想起水手和椰子树,还有布达拉宫的夕阳,没多久,也模模糊糊就这样睡着了。

他再次醒来时,外面天色已经很亮了,只是还有点阴沉,真不知道自己睡了多久。逆着窗口的光,可看到曲曼正坐在椅子上涂口红,她长发披肩,身子绷得很直。她换了一身紫色的裙子,裙摆大得有点夸张。

"这衣服好看吗?"她问,"像不像要去结婚?"

"我说出来不知道你会不会笑话我幼稚,不过我现在心里想到一个词。"

"什么词? 别告诉我是狗屁爱情之类的。"

"不是的,我想到,私奔。"崔浩呵呵笑了两声,这个玩笑开得有些苍白,曲曼也没有配合他跟着笑。

"崔浩你还不起来?"这似乎是两人一路上到现在,她第一次直接称呼他的名字。

他一跃而起,直接冲进厕所。早就尿急,只是忍着而已。尿完之后,他临时决定冲一下澡。打开水龙头,热水喷在身上,热气蒸腾,一股雄浑的情欲又将他托举起来，他伸手握住把柄，想起曲曼薄薄的嘴唇，中间似乎可以有某种对应，在想象中完成。火热的坚硬，可以被温润包含。围困，笼罩，像灌注植物叶脉律动的力，被危险驾驭的狂野。他撸动，猛烈的颤抖，轻轻地呼出一口气。

"崔浩，你好了没有？我有话跟你说。"隔着厕所的门，他还是听清了她的话。

他深吸了一口气，应了一声。洪水已经回到澎湃的大海，一切归于平息，他感觉自己在被重新组装，或者被重新拆解，总之，整个人都松弛了下来。

"什么事？"他站在厕所门口，用浴巾擦着头发。浴巾里有一股消毒水的味道，近似于精液的腥味。

"也没什么……只是，我突然明白我爷爷，他跪在台上，脖子上都是鲜血，我突然明白他在想什么。"曲曼本来盯着他，但突然又退缩了，转头望向窗外。窗外什么都没有，白茫茫的迷雾在浮动。崔浩这才注意到她今天似乎有些异常，她浓妆艳抹，把自己打扮得非常漂亮。"私奔"，他脑海中又闪过这个词。

她伸手在桌上扯了三张纸巾，擤鼻涕，这才瓮声瓮气地说："也没什么，可能你要送我回半步村……"

又说："你也可以送我去车站，我自己坐车回，但我想，你还是送我回去吧。"

又说:“我本来想,找个风景好点的地方,穿着我最漂亮的衣服,我就去死……”说到死,她的眼泪又涌出来。

崔浩把浴巾缓缓地放下来,感觉到她不是在开玩笑。他想找鞋子穿,但脚是湿的。他突然明白她为什么一路上都在讲她爷爷,讲她小时候。

“他不是人,赌输了钱,就把我卖了,三个男人进来强奸我。他在外屋听着,抽他的烟。昨天在池塘边干活,他又找我商量,问我可不可以再被搞一次。我成什么了!还问我被搞的时候是不是很开心。你说他是不是变态?他说他喜欢看我被别人搞,他在外屋也很爽,还能还赌债。说话的时候,他低头蹲在池塘边弄鱼料,我抡起洗衣板,一把就将他打翻在池塘里。他栽倒在里头,一动也不动,我很害怕,就跑出来,刚好,路上就遇到你。”

崔浩感觉脑袋里有个炸弹爆炸了,嗡嗡响着。他扶着墙走过去,在床上坐下来。

“你是说,你杀了人?”

她捂住脸呜呜哭了起来,脸上的妆容全乱成一团,面目瞬间变得狰狞。

“我在想什么呢?”一个女人上了自己的车,她是在逃生,或者真如她所说,是想寻死。而自己浑然不觉,只想使用她身上的某些器官。

“该死!”

五

“我们必须捋一捋。”崔浩终于用浴巾擦干了脚，穿好了衣服和鞋子。他必须理清楚，不然两人这样算什么？奸夫淫妇杀人潜逃？这不成了西门庆带着潘金莲逃跑了？“你行行好，你不能把我卷进去。”曲曼让他放心，她说她要死也不会拉个人垫背：“你都离婚了，还没了工作。”崔浩内心闪过一丝被同情的温暖。

“你的洗衣板重吗？”

“重。”

“打中哪里？”

“后脑勺。”

“池塘里有水？”

“有水，不深。”

“倒下时他有喊吗？会动吗？”

“不声不响，也不会动。”

“那你怎么知道他死了没？”

“我害怕，扔下洗衣板就跑回家了。现在想，即使没被打死，估计也被淹死。”

“旁边没人？”

“没人，锦鲤池塘很少人来。”

崔浩注意到床头柜上有一个红色的台式电话，那种葡萄酒的红色。她一定留意到他在看电话机，于是他赶紧问她："那现在你怎么打算？"

她张张嘴，似乎很艰难才说出话来。她眼里都是空的，眼泪在眼眶里打转，没说话的时候嘴角会突然变形。但她还是说话了："回去看看孩子，然后去派出所自首。你能不能给她奶奶打个电话，看看她在不在家？我想跟孩子说说话。"

崔浩弯腰从包里找出手机，递给她。她接过来，手在抖。她递回来，报了一串号码，让崔浩帮她拨。电话嘟了第一声，她又呜咽了，抽了一把纸巾擦眼泪。

"喂！"那声音像踩在晒干的花生壳上，是鹦鹉妈妈，"喂！怎么没人说话呢？是不是阿曼啊？快回来吧，鹦鹉他在找你……"

啪！手机被她一把打落在地上，挂断了。

她的眼睛像两个黑洞，充满了恐惧，惊慌失措。她环顾四周，似乎在某个角落有另一双眼睛睁盯着她。

"你别怕，反正要面对，他会原谅你的。"

"不可能！"她的脚缩到椅子上，紧紧抱着膝盖，"要不我还是去死，死了我就可以下去跟他道个歉，菩萨保佑让我遇着他，告诉他我真的不是故意的。"

崔浩把手机捡起来。

“别打！”她声音都发抖，“你带我走，去哪都行，云南！我给你做牛做马，你想怎么对我都行！”她瘫坐到了地上，长裙不像是穿在她身上，倒像是捆绑着她。

崔浩的手停在半空。他看着她的脸，她涂抹成一摊的劣质口红。他看着她的手，杀过人的手，他突然感到不寒而栗，一阵哆嗦。

“你别慌！你要相信崔教授！”突然把“教授”这个名号端出来，他脱口而出，连自己也感到意外。他从来都不是教授，过去不是，未来也不会是。只有现在，他需要冒充一会儿，用一个词语将自己像个气球一样吹胀起来。他站起来，走到窗边，找到了鹦鹉表哥的手机号码（居然还存着！），拨过去，接通了。一个男人接了电话，信号不好，说了两句他才听出来是养鹅的强仔。强仔喂了几声，又叫了几声崔浩（手机里显示了姓名），这时信号稳定了，强仔才告诉他，鹦鹉表哥睡着了，医生刚来过，正在给他打点滴。

“他不小心摔到池塘里，可能是中风，现在只记得他当年刚回村子时候的事情，后面的事情全忘记了。他老婆也不在，没联系上。你表哥就是离不开老婆，被人照顾惯了，如果老婆在家，他也不会摔成这样。哦，他还很虚弱，醒来时一直在找他老婆，说让他老婆别去拜神了，观音菩萨什么都不会保佑。”

他没有死！

她安静下来，神情木然。她突然不知道自己应该怎么办，仿佛那些她一直挣脱的，突然之间全部回来了。她站起身，走进洗手间。他听到她尿尿的声音，他听见她打开水龙头的声音，她在洗脸，他都听着，虽然厕所里没有刀片之类的东西，但他还是仔细地听着。她在洗澡，边洗澡边号啕大哭，水声掩盖不了她的哭声。她大概是头靠着墙壁，或者蹲在地上哭。她是在庆幸没有杀死他，还是为一桩失败的谋杀而伤心？

崔浩突然感到难过，他抽了一张纸巾，抹了一下湿润的眼角。但他没有什么眼泪，另一个层面的难过是没有哭声的。荒芜的人生在他面前打开了另一副面目，绝望与虚无，有时候不仅仅是词语，只是一个恐惧连接着另一个恐惧。有时候他恨自己没有这样的勇气，如果这样的机会再来一次，给自己换一个频道，过另一种生活，清风明月无人管，浪迹江湖度此生。

厕所的门打开了，一股热雾冲出来，模糊了衣柜上的镜子。曲曼走出来，她只穿着内裤和胸罩，身材比想象中匀称，小腹上有一道剖宫产留下的刀痕。她用浴巾擦着湿漉漉的头发，她的头发又长又密，她似乎也没打算把它直接吹干。她肆无忌惮地打理自己的头发，像一只刚从池塘里出来的狮头鹅一样弄干自己，穿衣服，叠衣服，一言不发，而崔浩的存在已经不太重要。

六

退了房出来，外面从云层里漏下来几束阳光，白茫茫如在梦里。旅馆门口刚好有一家沙县小吃，崔浩提议进去吃早餐。说吃早餐已经不太准确，因为时间已经接近中午。曲曼说她不吃，崔浩还是要了两份面条。面条端到她面前，她最终还是吃起来，狼吞虎咽，最后连面汤都喝光了。

她擦了擦嘴，看着崔浩："我不想再过那种浑身发抖的生活了，我已经死过一次了……我死也不回去。"

崔浩目睹了一份面条改变了一个人。吃了那碗面条之后，崔浩才发现曲曼背着光坐着，背后都是光芒。

"那你打算怎么办？"

"我想去剪头发。"

在小镇的一家发廊里，她剪了个短发。她说她以前是长发，后来鹦鹉表哥经常揪她的头发，打她，拖着她的头发。后来有一回，她干脆就剪了一个光头，这个光头直接征服鹦鹉表哥，他求饶，答应不揪头发，让她还是把漂亮的长发蓄起来。但他还是打她，只是不揪头发。

"你带我去西宠，我想去鞋厂打工，也不瞒你，就是瘸子跟台湾人合资开的鞋厂，但瘸子永远不会知道我在他厂里的，你放心，我也不会让你找到我。你，还有你们半步村的所有人，你们就当我死了。”

2017 年 3 月 17 日初稿

2017 年 5 月 13 日改定

折叠术

一

那天早上，有两个人来到我的杂货店，想了解葛先生的一些情况。他们穿着衬衫，无法判断是不是便衣警察。他们只说是随便问问，大概也就真是随便问问。我是从他们的嘴里才知道葛先生开车撞向石头死掉了。照理说，出了这么大的事，我多少应该知道一些情况。但葛先生出事的那天下午，我刚好不在店里，简直该死。那块石头我倒是知道，葛先生以前曾经骂这块石头丑。没错，谁会那么无聊去批评一块石头？但千真万确。“那块石头真丑。”葛先生第一次在我的店里买东西，应该是买了一包花生米和一罐鸡精，或者是一包瓜子和一罐棉签，我记得清楚，走的时候他顺便评论了这么一句。况且，一块石头即使长得丑，也确实没有开车去撞它的必要。所以我告诉这两个疑似警察的人说，这事八成是个意外。

葛先生说的石头就立在碧河镇最显眼的路口。那头地势高,从我的杂货店门口望过去,踮起脚尖可以看见石头的一角,像凝固的火焰。印象中,石头上的字换过好几回了,比如“生男生女一个样”,还有“厚德载物”之类的。最近大概是镇里换了领导,石头又被磨平,刻上了“诗与远方”四个大字,仿佛整个碧河镇都成了远方。其实管他刻什么字,反正大家也都没留意,老天也不会凭空打个雷劈出一只猴子来。那几个字不会比我店里一包花生米的价格更引人关注。所以他说那块石头丑的时候,我随便应了一句:看久了就习惯啦。结果他大为不满,愤愤然说了几句什么,我没记住。杂货店虽小,但人来人往,我也不可能记住每一个人的话对不对? 那是我第一次见到葛先生,他的山羊胡子没有在风中飘舞,却给我留下了深刻的印象。

二

我们造一个句子说“什么玩意儿给我留下了深刻的印象”,一般都带有点不说人话的成分。比方说,在杂货店工作以前,我摆过地摊,城管就对我说,你给我留下了深刻的印象。说完就把我打了一顿。如果再往前追溯,抓暂住证的家伙喜欢指着我的鼻子说这句话。再往前,比较喜欢对我说这句话的是我的班主任,他只要说,徐灿,你给我留下了深刻的印象! 我就知道马上要发生什么。但我在这儿说葛先生给我留下了深刻的印象,这句话里头全无恶意。我这样说,你们可能都不相信我。如果我告诉你，在认识葛先生一年以后，我成了他的读者，你大概就会理解这里头包含的敬意。情况应该从一次偶然的电台深夜节目说起。那天看店到午夜，我无聊听着收音机里的节目，心血来潮地参加了一档节目的互动问答，询问他们的药物能否发挥持久的作用，能否增大和增强身体的某个部位。随后我就莫名其妙获赠一年的《东州都市报》。这份报纸不胜其烦，竟然真的每天都送来，上面的新闻基本上都是网络上的旧闻，只配用来垫锅底。大清早假如我还没开店，送报纸的也会特别负责任地把它从我的门缝里塞进来，仿佛我十分渴望读到它似的。这种厌恶的感觉一直持续到我看到了葛先生的头像出现在报纸上，我大吃一惊，没想到我身边的人居然能出现在那上面。此后每一期专栏，我都认真阅读葛先生的文章。我当然也想过有一天要告诉葛先生，他的文章我都看过了，但一直都找不到合适的机会来表达这件事。有两次他到店里来买烟，我将报纸摆在收银台非常显眼的位置上，想制造一次机会跟他谈谈他的专栏，但他居然视而不见，付了钱扭头就走掉了，一副心事重重的样子。

三

关于这家杂货店，我还可以说点其他的事。我开口闭口说这是我的店，这也是出于习惯，其实我最多就是一个看店的。这家店的店主是钱玉隆，或者是钱玉龙。我只见他签过两次名，两次签名都不一样。

据说他以前玩网络游戏大大地赚了一笔,现在在这里开了一家店,啥事也不干,整天在家里诵经拜佛,有点像个和尚。他深居简出,神龙见首不见尾。如果我知道他是碧河地区"A 团"传销组织的老大,打死我也不会接受这份工作。这是后话。反正他把店交给我,对我还不错,他有时候两三个月都不打一次电话,这让我有种我是店主的幻觉。平时我也不会给我们老板打电话,当然,需要请假的时候除外。如果请假,老板就会派张三过来看店。张三本名不知道叫张什么,反正是比较难记的名字,幸好他在家里排行老三,大家都叫他张三,好记。这店虽小,但由于周边有几个小区都没有什么大型的超市,生意倒还不错。葛先生有一回也看中这家店,说位置不错,问要不要转手。我刚想说什么,他的手机响了,转身出去接电话,然后就没有然后了。我那时其实非常希望他能买下这家店,这样我就有一个作家店主了。

我知道葛先生有钱。我当然知道,给报纸写专栏是赚不了什么钱的。后来我还参加过他的新书发布会,在本镇唯一的新华书店二楼,现场就十来个人,还包括几个记者,场面非常尴尬。但葛先生淡定自若,在台上侃侃而谈,不时用手捏捏他的山羊胡子。葛先生讲到一半,场面突然热闹起来,从门口拥进来一帮人,后来我才知道是副市长来了,于是县领导和镇领导跟在后面全来了。新华书店的经理吓坏了,站在一边赔笑。副市长不知道姓什么,坐在最前面,手里拿着笔记本,葛先生讲,他像个学生认真做着笔记。坐在我身边的两个女记者非常清楚其中的秘密所在,她们一直窃窃私语,我将她们的对话简单总结如下:葛先生曾经在北京工作,他回到东州市,是北京高层亲自送来的。但他只在东州市委工作了一个月,就申请到县里去。在县里,每次县长的重要会议,县长指定所有的材料必须由葛先生来写。他唯一的乐趣,是坐在角落里听领导们读他写的讲话稿,仿佛一人分饰多角,会场如剧场,每个领导就是他的分身。这样的洗礼,能让葛先生每个毛孔都打开,百病全消。葛先生在县里工作不到半年,就申请到一所大专学校去。那是一个新学校,校园里没什么树木,许多花圃都空着。恰逢植树节,学生们联名请愿让学校植树,学校以经费问题为由,回绝了学生的请求。结果葛先生组织了办公室的男同事,到旁边的森林公园里偷树,雇了卡车拉过来种在校园里,此事惊动了园林局,他们知道是葛先生干的,非但没有问责,还派人到校园里来种树。但葛先生觉得在校园待着混日子也没意思,于是回到碧河镇,他的好友金天卫是大乐教育集团的老板,听到他回到碧河镇居住,第一时间就找到他,在碧河镇最大的剧场里,每年举办四次培训班,葛先生主讲,称为“大乐公考四季巡回讲座贵宾班”。所谓“公考”,就是公务员招聘考试,每年都火爆得不行。据说每一季讲座开班之前,平时非常冷清的碧河剧院前面都聚集了大量倒卖门票的黄牛,葛先生的票因为供不应求而不断被哄抬价格,情况非常恶劣。考生们排队进入剧场,手上都拿着厚厚的公务员考试复习辅导书,封面十有八九是葛先生的头像。这些材料不一定是葛先生编写的，但都会请葛先生写上一句推荐语，只有这样才具备权威和火爆的可能。据说慕名而来的，除了全国各地应考的考生，还有各级政要，他们经常能在剧院里碰到自己的同僚和政敌。此时他们也顾不上打招呼，只是默默在角落里做着笔记。葛先生一个人坐在台上侃侃而谈，他的声音不疾不徐，句子精当没有废话，偶尔穿插一些寓意深刻的笑话。下课铃一响，无论讲到哪里，他都会戛然而止，收拾东西走人。许多穿着西装的人会追出来递上名片，主动介绍自己，希望能交个朋友。葛先生收了名片，应付几句，拒绝了所有添加微信好友的请求，在工作人员的保护下匆匆走掉了。

所以葛先生有钱，但他没有来买我的店。

四

虽然比不上葛先生，但我也有钱。我叫徐灿，秃顶，矮子，以前在一家家具厂打过工。在此之前我是一个小偷。当然，进了厂我本来打算不偷东西了，但某次为了泄愤，我顺手偷了领导的手机，发现了一些不应该知道的事情，怕捅了娄子，就从厂里辞职。那时候我的好朋友衣郎刚出柜，为了躲避他的父亲，打算离开东州到其他城市。他是一个理发师，手艺随身，不愁没饭吃。我们两人吃了一锅砂锅粥，喝了两瓶啤酒（大部分是我喝的，衣郎不怎么喝酒），就去买彩票，三个星期后再次路过彩票站，我才知道我中了二等奖，扣了税之后是五十五万。

我打电话给衣郎,想告诉他我现在有钱了。电话接通时,他在哭,所以彩票的事就暂时没讲,我也不打算再讲。我在支付宝上给他转了三千块,犹豫了一会,又转了八千。他回复说谢谢,再没说其他话。但衣郎的哭声让我不安,我拿了一个本子,在上面列了很多人的名字,最后删减下来,只留下十人,我给他们每个人转了一些钱。他们分别是……还是一个一个说吧。首先是我的老母亲和我老哥徐可然。母亲糖尿病加上老年痴呆,现在已经不认得我了,由我哥照顾,所以一加一等于二,两万块都打给我哥。第三笔钱打给记者龙哥,我跟他借过钱,现在双倍还他。他是个厚道人,跟其他记者不一样,他从来不收人家的红包。他救过我的命,这事我现在不想再说。第四笔钱打给一个哑巴女孩,叫谭琳,有一年我跑出去玩,吃了一碗牛腩汤之后就遇到了谭琳,特别安静的一个女孩,专注地画画。我买了她的画,加了她的微信,但没有再怎么聊。只是会习惯性去翻看她的相册,看着就开心,虽然我明白这辈子也许不会再见面了。但知道这个世界上还有这么一个人存在,安静而美好,我就感到暖意。第五笔钱转给我的老师崔浩教授,他是个蛮有意思的人,我喜欢听他的课。听说他后来死了儿子,好像也离婚了,感觉他过得不好,虽然不知道是否需要钱,我想了个法子匿名给他转账过去了。

第六笔……算了,后面的人就不说了,我们说点其他的。

大概晃荡了一个月,我再也不会像开始一样每天跑去银行查看我的账户余额。但是我发现除了彩票站的招牌,我对其他地方提不起兴趣。我在杂货店工作的原因,不是因为我需要工作,而是杂货店旁边就是一家彩票站,方便我随时买彩票。所以衣郎的舅舅马腾龙老师向我推荐了这份工作,我也就来了,没想到这一来像落地生根,在这儿待了很多年。

这次中彩改变了我对金钱的态度。之前我的口袋里基本没有什么钱,只够自己吃饭,我也没有觉得我需要赚许多钱,其实也赚不了。但自从账户里有钱了之后,我比以前更节省,有空的时候我就会盘算着怎么让我的钱翻一番。我就像一只老鼠,死死守着过冬的食物。有时候脑海里面闪过一些念头,比如是不是应该用这笔钱到老家买房子,然而很快,我就否定自己的想法。还是把钱放在口袋里才是最安全的。我看过许多中了彩票之后倾家荡产的故事。有许多人没有福气承受突如其来的财富,有的疯掉了,有的瞎折腾最后挥霍一空。我把我的钱妥妥地存在银行里,小心翼翼地守着。我一遍遍对自己说,那只是卡里的一串数字,我还是应该照旧过我的穷生活。而且,我相信我一生最大的运气还没有来。因为我能感觉到生活中的坏运气在一点点累积,我的人生经验是坏运气总是必须累积到一定量,才能全部兑换成好运气。

应该说,我非常理解葛先生的病。在中了彩票之后,有那么一段时间,我也陷入了恐慌。我的手脚倒是没有什么毛病。我的毛病来自男人的要害:我发现我的小和尚尺寸不对,而且每天都有所缩减。关于这个细节,还是有必要多说几句。我很小的时候,就听我姥姥说,村里有一种能让人分身成数人的巫术,练完之后小鸡鸡就会变小。但我不理解中彩票和分身术有什么内在的联系,就如这个世界上有很多事情我不理解,而这些事情在我姥姥那里都不是问题。她觉得半步村的山水都是山神变的,只因为山神的时间和我们不同,所谓天上一天地上一年,山神的时间慢,也就慢悠悠配合我们假装整座山都是不动的。山啥时候动过?我姥姥面对我的质疑,悠悠抽了一口水烟说,把你饿上一个星期,山就开始动起来了。当然,她不会真的让我挨饿。她那么疼我,也应该不会允许我拿着一把尺子在杂货店的厕所里左右比画,就如要挥剑自宫的东方不败。

唉,不说我姥姥了,她都死去那么久了。

五

还是谈谈葛先生吧,我们今天的主角是葛先生。我认识葛先生的时候,我最爱的姑娘还没有出现,时间充裕,或者说整天无所事事。所以说,大家不要笑我,在葛先生死掉之后,我是有充分资格来谈论他的。因为他这个估计没什么人阅读的专栏,暴露了他所有的心路历程。而我,就是他的读者,而且很可能是唯一的读者。如果你想说是因为我的日子足够无聊,所以才会去调查一个小老头,我也不会反对。

唉,说来话长,我还是从一阵风说起吧。如果没记错,那是我所能找到的他最早的文章,里头记述了一阵风:“一定是那阵风,在林间小道没有任何来由地突然降临,满地的落叶都被卷了起来,我打了一个哆嗦。此刻四野寂然,而内心的旋风久久不去。”我用想象去还原这个萧瑟的情景,根据那篇文章的语境推测,当时是冬天,可能是在北京,或者是在西宁,那种能刮起冷风的城市。这阵风引起的直接效果,是葛先生在他所钟爱的棒球帽后面,加上了一条不伦不类的头巾,以保护他的后脑和颈部。远远看去,他的山羊胡,他戴着垂着“屁帘”的帽子,有点像抗日电视剧里的日本鬼子。果然,在相隔不久的一篇专栏中,他讲述自己因为穿戴了这样带头巾的帽子,不幸遇上抵制日货的游行队伍,那些凶狠的家伙在打砸同胞的汽车之后,顺便把他给打了。“小腿上狠狠挨了三下。”葛先生没有细说究竟打出血了没有,但他的愤怒之情差点就击穿纸背,一连用了九个感叹号来描述这件事。九个感叹号就像九滴横飞的口沫,直接溅到我脸上。我在他的文章里再也没有看到过这么多感叹号接连使用的情况。

六

在医院躺了几天之后,葛先生慢慢明白自己的病根是在脚上,而不是在头、脸和脖子上。我后来在他的一篇访谈里头读到这个细节,葛先生说他在医院里头,慢慢领悟到他的脚底才是一切罪恶的根源。

这跟他在医院里读到的一本书有关，这本书叫《脚底穴位与人类的情欲》，此书当时非常火爆，每间书店都在最显眼的位置摆着它。这本书从清朝宫廷画家郎世宁的《十骏图》写起，论述了脚底如何连接大地，影响整个人的气场。我不知道葛先生是如何将它跟罪恶联系在一起的，总之，小腿上挨了三下已经不是问题的关键，罪恶之根不在胯间而在脚底，是他的最新结论。另外，住院时期他还读了两本山本耀司的书，他在文章里发出了跟山本耀司一样的感慨："什么能比孤独来得更奢侈?" 自此他抛弃了棒球帽和头巾，换上了黑色的礼帽。在我看来，男人的成长跟女人不同，是需要仪式感来确立的。戴着棒球帽的葛先生，简直就不是葛先生。黑色的礼帽往他头上一戴，自此葛先生的形象就和那顶黑色的帽子联系在了一起。"活了。"葛先生自己对着镜子点评道，仿佛看见戴上金箍的孙悟空。

从医院出来之后，基于对脚底的研究，葛先生迷上了去足浴城。常乐足浴城是碧河镇最大的娱乐场所，篆体"常乐"二字巨大的招牌在碧河桥头与水塔上"大乐教育"的招牌遥遥相对，这二"乐"仿佛在告诉每一个光临这个小镇的人，这里的人都喜欢享乐，却又希望自己的孩子好好用功读书。这些年碧河镇给外面人的印象确实不怎么样。这里常年聚居了很多做电商的人，吸引他们的是房租低、快餐便宜，物流也便捷。这些来创业的人，隔三岔五就跑到东州市区最好的别墅区或名车 4S 店去拉横幅，啥也不买就呼口号、录视频，说自己终于拿下了人生第一套别墅、第一辆玛莎拉蒂，夸张的表情弄得店员哭笑不得。

在这拨人的衬托下，葛先生真是个老好人。他一直拒绝去任何娱乐场所，包括足浴城和KTV。葛先生反复描述他第一次走进常乐足浴城的感觉，他觉得像走进巨人张开的大口里，周围是阴森而参差的牙齿。“不寒而栗！”他在文章里这么写道，“大概是地狱的大门，或者温暖子宫的入口。”我觉得他类似的夸张书写，大概只是在渲染某种情绪，有点酸。我的朋友衣郎第一次发现自己竟然喜欢男人的时候，也是这种洋相：滔滔不绝，喋喋不休，总想向别人讲清楚自己内心的感觉。但衣郎发现什么都讲不清楚时，他便闭嘴，什么都不说。那个夏天他辞掉理发店的工作，我经常见他到溪水边去钓鱼，把自己原来非常白皙的皮肤晒得黝黑。从此，他常常一言不发，问一句答一句。葛先生也是这样一言不发走进了常乐足浴城，一个喉结很大的经理接待了他，给他介绍了不同的价位的服务：“价格不一样，技师也就不一样，女孩子会年轻点，漂亮点。”见葛先生一脸茫然，便说，“今天恰好有个刚来的年轻女孩子，按最低一档的价格给你吧。”于是苏长夏，我们的苏姑娘，就这样出场了。苏姑娘敲门进来，看了葛先生一眼，但葛先生觉得她是白了他一眼。确实，苏姑娘今天心情不是太好，她把木桶往地上一放，发出了不太友好的声音。她还朝木桶踢了两脚，调整它的位置，眼睛看都不看葛先生。葛先生有点后悔，觉得自己第一次来沐足，不应该占这种便宜，居然要了个新手。

“你要不要按头？按头就不能戴帽子！”苏姑娘让葛先生将脚放进水桶以后，绕到他身后，看样子，已经准备好给他按摩头部。葛先生只能将黑礼帽拿下来，放在旁边的方桌上，身子往后一倒，闭上眼睛：“按吧。”苏姑娘从太阳穴开始，开始揉捏葛先生的头。从头顶看下去，葛先生没有戴帽子的头颅就像一颗发育不良的萝卜，让人很有冲动用一把削皮刀把凹凸不平的地方都给刨一刨。

“痛，轻点，痛！头是我的，知道不？你看着点。”还没开始刨，这个萝卜就发出了呼救的声音，苏姑娘只能放慢了速度。

“痛才会爽。”苏姑娘的这句话让葛先生有了联想，他睁开眼睛看了苏姑娘一眼，但这个角度看不到全貌，只看到她疏松的眉毛。葛先生在心里想，按照古人看相的理论，眉毛这么轻，估计命理不会太好，难怪要出来帮人沐足。

“我这是刚入行，你是我第二个客人，我以前是幼儿园老师，命不好，丢了工作。”

葛先生心中一惊，以为苏姑娘在他心里装了窃听器，他心里想什么，她全听到了。为了掩饰慌张，他只哦了一声。

“我以前是教舞蹈的，所以手劲有点大，你多担待。”

一听就知道是本地人，“您”字都不会用。本地姑娘都骄傲，除非生活艰难过不下去，不然谁愿意出来帮人家洗脚？葛先生嗯了一声，表示他已经谅解了。

“坐起来,帮你甩甩头。”

“你要记得头是我的,千万别给拧出来。”

“放心,别看我新手,手法好着呢,”苏姑娘的手不知道什么时候移动到葛先生的脚上,葛先生浑身一震,“你不是第一次来吧?这么敏感?”

生命之门果然是在脚上。葛先生更肯定了自己的想法。他笑而不语。

“现在大学生都很懂得享受,昨天就接待了一拨,学体育的。你到了这年纪,更要多来,”苏姑娘见他不太爱说话,便自言自语地说,“保证你下回还会找我,要记住我是38号。”

果然,葛先生第二次还找她,即使她的价格竟然翻了一番。“翻一番也是辛苦钱。”苏姑娘这样解释,葛先生倒是听进去了。没错,有钱谁愿意来摸男人的臭脚丫。葛先生在他后来的文章里提到第二次沐足的经历,他将苏小姐刻画成一个内热外冷的人:平时看起来一脸阴沉,像是经历过什么大事情,但一听到葛先生讲黄段子,又笑得咯咯响,像个天真的孩子。他还着重描写了一个细节,则是苏姑娘手臂和脖子都有被打的痕迹。葛先生问了一句,苏姑娘说了一句:“你别管,给我坐好,按背!”这个娇嗔薄怒的表情让葛先生想起幼儿园的老师。

“葛先生小时候喜欢自己的女老师吗?”他说不知道,他说他什么都记不起来了。

七

“你的手帮别人按脚，然后又来帮我按头、按背，你说我的头会不会得脚气？”葛先生开始调侃她。没想到苏姑娘倒是认真起来，她觉得这是在侮辱她不讲究卫生，解释了几句，舌头打结，她不说了，捂着脸抽泣起来。这下倒把葛先生搞得手足无措，说了许多安慰的话。

“我命不好，我爹病死了，我没钱治他，打工哪来那么多钱？我被人包养，第一个老板被抓走，第二个跑路了，留下别墅和两条大狗。别墅的物业费我都没钱交，不是自己的房子住着心慌，所以我带着我的狗回到乡下，跟了一个男人，但他总是打我，骂我不会赚钱。前些天他到碧河镇上来，发现我在这里上班，觉得没面子，就大闹，又打我……我现在特别想我爹，他是个好人。”

最后一句话让葛先生的眼泪都快掉下来了。他问她还能做什么，要不帮她再找份工作，就不用这么累。她说她能跳舞，以前年轻不懂事，打了孩子，被录视频发到网上，挨了骂丢了工作。葛先生笑了：“能教人跳舞，那你还洗脚干吗？大乐教育的老板金天卫是我的老朋友，回头让你到他那边去教小孩跳舞。”葛先生这才留意到，她的腰很细，动作有力，应该是跳舞的好料子。

苏姑娘破涕为笑，说：“那我应该怎么报答你？”

这样的对话跳跃有点快，语气坚定，仿佛这事已经办成了。葛先生第一次在一个女人那里感受到自己的一诺千金。

“举手之劳……”他说不下去,因为苏姑娘的手不知道什么已经来到他的大腿根部,萌动的情欲像一只苏醒的小兽,从两腿之间探出头来。但苏姑娘并没有拿住要害,她的手柔若无骨,掠过他的小腹,又从大腿内侧一直游走到脚踝。葛先生轻轻呼出一口长气,整个身体非常舒服地往后仰下去,像一片在热水冲泡中舒展开的茶叶。他感觉身体内部的某个密码被这个姑娘轻巧破解,所有的秘密她都了如指掌。他的脚底又痛又痒,大腿内侧像是长出了几张嘴来,每张嘴都在大喊我要我要。苏姑娘慢慢牵引,让他侧过身去,让他两条大腿夹紧她的一只手,另一只手则狠狠在他的屁股上打了一巴掌。

“你这招厉害,跟谁学的?”

“自学成才!”苏姑娘对他一笑,十分得意,“还有更厉害的,今天让你试试我自己发明的折叠按摩术。”

苏姑娘的动作突然变慢了起来,她缓慢地牵引,将葛先生的手指、手臂、躯干、双腿都一一拉直摊平,嘴里还哼着不知道什么调儿。在她含混不清的声音里,葛先生感觉自己被一股力量托举起来,浑身变软,被白云般的棉被包裹起来;或者自己干脆就是一床被子,被苏姑娘铺平,稳妥安放,又折叠起来。她不是在按摩,她手指似乎也没有用力,只是非常准确地将原来应该在那里的东西摆放了回去。葛先生感觉自己浑身的血液,正在沿着一种奇妙的秩序完成一次翻转,他非常舒服，也非常迷糊，只知道苏姑娘的手掌是温热的。

他们从下午一直聊到晚上，没吃晚餐，也不觉得饿。

八

苏姑娘说要在足浴城做完这个月，把工资拿到手。然后她要回半步村几天，整理一些东西。

他们约好，苏姑娘最后一天在足浴城上班，她想只为葛先生一个人服务，她要他成为她的最后一个客人。葛先生如约而来，他上了楼，点了38号，大喉结经理说要稍等，上一个客人还有十分钟。葛先生说好。他脱了鞋袜，斜躺着看电视。十五分钟过去，苏姑娘来了，对他笑，她还是那种节奏，重重地将水桶放下来，哐！再踢上两脚。葛先生微微一笑。这时门开了，大喉结经理探进一个脑袋，尴尬一笑，然后朝苏姑娘招手，让她出去，苏姑娘站在门口，说了两次这样不好吧。然后她进来，面无表情，搬着木桶走了，脚步声远去，留下一脸愕然的葛先生。门开了，大喉结经理走了进来，进来就点头哈腰笑了一下，从这个谦逊的动作里，葛先生看到他想摆平这件事的自信。他说先生非常抱歉，因为有一个重要的客人，专门点名要38号，因为那位客人是大客户，所以临时换一下人，他会安排一个年轻漂亮的技师过来。葛先生一听，登时脸色大变，一股无名火从肝胆之间升腾了上来。他把电视遥控器重重拍在桌子上："到底是什么大客户？你们就这么不讲规矩了?”一个瞬间,葛先生非常理解古代的歌楼酒馆为什么有那么多争风吃醋的事情。他心里十分明白这样的怒火显得很不成熟,但依然还是被点燃了。大喉结经理看情况有点应付不了,他走近凑到葛先生耳边,压低声音说:“今天情况有点特别,客人是副镇长,跟重要客人谈业务,所以请您……”

“哪个副镇长?”

“呃,孙……姓孙,或者是姓温。”大喉结有点慌。

“去! 你去,去问他,东三楼厕所里的那个耳光还记不记得?!”

“我觉得您没必要……”

“去!”葛先生一根食指笔直指向门口,大喉结一溜烟就出去了。

没有风,那扇门悠悠弹了回来,像脱臼的下颌,没法合拢。葛先生盛怒之后,突然安静下来,他有点后悔,但没法说出口,内心像一块通红的烙铁,偏偏不知道哪里来的水滴,一滴又一滴,寥寥落落全滴在心头,发出吱吱的声响。他感到累,泄气皮球的那种累。劣质棉布沙发托着他的躯体,他一阵眩晕。身体里70%都是水,滋滋冒着热气的水。这时苏姑娘梦幻一般再一次推门而入,她跟往常一样,将木桶哐的一声放在葛先生面前,再踢两脚,调整木桶的位置。大喉结很快也跟进来,他告诉葛先生今天的单孙镇长已经帮他给过钱了:“孙镇长今天忙,他说改天再去拜访您,给您当面致歉。”原来今天的房间没有窗户,这是以前从来没有留意的细节,所以房间里的空气非常浑浊。

“别生气了，这不是来了吗?”苏姑娘让他把头往后仰，她用力一扳，葛先生似乎看见自己的头颅就像一颗萝卜那样被丢出去，身体里有什么纯手工的东西断掉了。

“算了，不按了，今天有点不舒服。”

九

身体里没有什么东西断掉了。但耳朵里的石头还是移位了——在谈到葛先生的耳石症之前，我想谈谈龙哥。记者龙哥是个聪明人，今天他突然出现在我小店门口，大声叫我的名字:“徐灿！徐灿！”我喜欢他这样叫我，平时到店里的人，没人知道我的名字，他们经常叫我“喂”。我朝他挥手，夜色朦胧中见他手里拿着一盆仙人球。他走进来，把仙人球摆在我旁边显示器的后面，告诉我这玩意儿防辐射，我天天对着屏幕，辐射多会变傻。我说龙哥这么客气，还送仙人球给我。他让我别误会，只是先借我摆几天，回头来取走。原来他午后出发来碧河镇的时候，碰到中学的一个女同学，该女同学刚好出门买盆栽，热情地送了他一盆，一路上他一直在考虑这个仙人球应该放在什么位置不扎手，后来还是决定先拐个弯寄放在我的店里，带着个仙人球出去办事总觉得有什么不妥。记者龙哥是我的好兄弟，他是个生意人，但也是个好人。我提前两小时关了店，和他到附近的咖啡店喝东西。其实这个小区附近，有很多咖啡店，但平时我们都不叫它们咖啡店，叫

“喝东西的地方”。在喝东西的地方，好人龙哥坐在我的前面，谈起了另一个龙哥：“你的老板，也是龙哥，你有他电话吗？”我把电话给了他，他校对了两遍号码，才把手机放进口袋里，笑了。他笑的时候先笑右边的脸，再笑左边的脸，隐约能看到脸颊上两个酒窝。

然后我从他两个酒窝中间的嘴巴里听到一个陌生的词汇：“A 团”传销组织。显然，他为此而来。他表示此事牵涉重大，不宜跟我说太多：“徐灿，再这样下去，碧河就算完了。如果这事要查出来，整个碧河地区得翻过来。”他说记者这一行现在也没什么搞头，大家都在辞职，他也打算办完最后这单事，然后就辞职回家建房子。“现在媒体也不好混。”他这样抱怨道，只是只字未提我给他汇钱的事，仿佛忘记了。我喝啤酒，他喝咖啡，他要开车不能喝酒。咖啡店的墙上挂着电视，龙哥指着电视里的广州塔“小蛮腰”说，如果东州混不下去，他就要去广州，“小蛮腰”怎么看都觉得好看。

“我前些年立了遗嘱，如果以后老了病死掉，烧成灰，骨灰就别乱放，放哪儿都碍事，不如烧制成一个广州塔的形状，就摆在家里。万一摔碎了，就找个地方埋起来，也算是入土为安。”

我那时还不懂影视的主角通常会有“死亡 flag”，事后回顾总觉得令人心惊。我几乎忘记他提到遗嘱这么严肃的事情之后，我说了什么话来回应他。只记得我询问了回家建房子大概需要多少钱，我也在计算自己账户里的钱，看是否足够。他抱怨了自己这个职业，觉得现在的记者已经失去的神圣的光环,走到哪儿都被人家当成摆设的仙人球,看着没什么用,碰着又扎手。说到这里他向前俯过身来,手臂越过桌子,把手搭在我肩膀上晃了晃说,这话也只能对我说了。提到仙人球,他又交代了一句,让我好生照顾那盆仙人球,因为是中学女同学送的:"仙人球千万不要浇水,我过些天就来取。"看来送他仙人球的女同学,不是一般的女同学。唉,这个风流鬼!后来我才知道他这样吩咐的深意,只是当时已惘然。

他将杯里的咖啡一口喝完,站起身来,叫服务员买单,说下次不开车的时候再请我喝酒。但从我认识他,就从来没见过他不开车的时候。

这是我几年后第一次见他,也是最后一次见他。再后来见他,他已经不是活人了。整个碧河地区没有翻过来,他自己翻了,他的车翻进水沟里,捞起来时人已经泡得浮肿。警方调查说是谋杀,却找不到任何证据:通往半步村的山路上没有目击证人,也没有摄像头,没有指纹。有一种推测是,人是被杀死放进车里的,然后整辆车被人抬起了,掀进水沟里。这个案子后来在网络上引发了许多关注,不过你也知道,网络上的热浪是一浪高过一浪,讨论持续了三天,就不了了之。大概现在已经没有人再记得这个疑点重重的命案,除了我。

我手里拿着报纸,报纸上是龙哥最后发出来的一篇报道,是龙哥去半步村一周之后发出来的,标题是《半步村发生狗吃人怪事》,讲的是一个男人自己把自己反锁在家里，他养的两头藏獒将他吃掉了，邻居发现的时候，现场一片狼藉。新闻最后告诫养宠物的人，一定要注意安全，将自己的宠物锁好，特别是大型宠物。新闻配了那两条藏獒的照片，看起来非常凶猛。

好人龙哥被运到东州殡仪馆火化，按照他自己几年前给自己立的遗嘱，他的骨灰被烧制成一件瓷器，样式是他自己挑的：广州塔“小蛮腰”。广州是他最心爱的人所在的城市，他们没有在一起。

十

我对照过日历，就在我和龙哥喝咖啡讨论他死后将烧制成瓷器的第二天，葛先生的耳石症刚好发作了，而苏长夏姑娘正打算回半步村待半个月再回来上班。葛先生想在她走之前送她一个什么礼物，因为苏长夏姑娘说她马上就要生日了。以上都是故事背景，我对故事背景的处理，一般都是忽略不计。但有一个信息必须提一下：我们的苏长夏姑娘，真名叫陈柳素。我看过她的身份证，那天她到杂货店复印身份证，我看得真切，名字就叫陈柳素。用这个名字可以在网络上搜到许多信息，比如她以前当过幼儿园老师，后来因为虐待小孩，出了大新闻，又说与和尚有染。另外，她的生日也不是这几天，她是摩羯座，不是处女座。她将这些都跟葛先生坦白了，只是说得含糊其词轻描淡写，估计葛先生也没记住。

葛先生那天起床就觉得天旋地转,下楼来到我的店里,买了一包感冒冲剂。我跟他说感冒还是要吃感冒药,这些所谓降火的冲剂,没有什么效果。他说没有发烧,也没有流鼻涕,就是转身就天旋地转,持续十来秒,只要不动,就能缓解。可能是熬夜上火了,用冲剂降降火就好。走了几步他突然又折回来问我:“你说想买一件礼物送给女孩子,送什么好?哎呀……晕!”我脱口而出:“买个工艺品吧,广州塔‘小蛮腰’的造型之类的,还不错。”说完我自己也吓了一跳,觉得这话似乎不太妥当。没想到葛先生露出一个灿烂的笑容,连说了两声谢谢,就走了。果然,他接受了我的建议,在网上买了一个钢铁“小蛮腰”,金属的质感,次日加急快递就送来,放在他的书桌上。这个“小蛮腰”确实好看,线条流畅,婀娜多姿,顶部尖尖的天线桅杆笔直插向天空,看着它仿佛已经就住在珠江边,眼前便是省城的夜景。

在常乐足浴城昏暗的大厅里,几乎斜躺在沙发上的苏姑娘也很开心,将“小蛮腰”举起来,一定要葛先生和她合影。他们俩那时候还没睡在一起,所以还可以为第一次合影露出灿烂纯真的笑容。我想葛先生一定非常悔恨留下这样一张合照,应该说,他压根就不应该走进常乐足浴城。

他得了脚气。他以前没有脚气。

他得了耳石症。他以前也没有耳石症。

他慢慢在回想所有的细节,觉得应该是最后一次沐足的时候,他心神不定，被苏姑娘拧了一下脖子，估计这么一下就把耳朵里的石头弄移位了。这是一块疯狂的石头。他躺在床上，一转身，就感觉天旋地转。他知道苏姑娘早已经抱着钢铁“小蛮腰”高高兴兴回乡去了，而他躺在床上不敢动弹。他开始猜测是不是颈椎被拧坏了，是不是脱臼了。但后来证明，这个病就叫耳石症。他到碧河医院去，接待他的医生告诉他，根据古书记载，苏东坡就得过这病。医生说，这个简单，做个复位体操就可以。他让葛先生坐在蓝布床上，引导他左翻右翻，葛先生感觉自己已经升天了，飘在云上，天地在云水之间不停翻转。他脑海中空空如也，一个词凭空跳了出来：折叠按摩术。苏姑娘那套独创的折叠按摩术，他还没体验够。“所以不能死。”他在心里对自己说。

痛苦不堪中，他给苏姑娘打电话，打了几个都没接，后来终于接通了，苏姑娘说她在阳桃林里，正在修剪枝叶，现在没空。他们只简单说了几句话，但葛先生还是在通话结束之前将最重要的话说了。他说：“我听别人讲话老走神，只有你，能让我集中精神。”苏姑娘没有接话，电话里传来了几声狗吠，然后就挂断了。

十一

事实证明情况并没有碧河医院的庸医说得那么简单。那套转来转去的体操只让他轻松了两天，不知道怎么回事，耳朵里的石头又疯狂了起来，世界继续打转。一种绝望袭击了他。如果这鬼病治不好，只要转动头颅就会天旋地转，那就真的完了，以后还能出门去做什么事吗？什么都做不了啦！

“完了！”葛先生自言自语，像平时那样跟自己说话，只是他感到一股以往没有的寒意。他感觉整个客厅太空洞了，于是打开了电视机。电视里说东州碧河镇最近总有人失踪，警方正在调查，可能跟很多年轻人迷恋的一款叫“私人行刑场”的虚拟死亡体验游戏有关。

“如果能凭空消失，倒也是一个不错的选项。”他在客厅里说了这么一句，十分钟后，他在我的店里买烟，又把这句话说了一遍。那时候天色已晚，我正打算关门，但葛先生拉过我店门口的竹椅子，坐下来，撕开了刚买的烟，点了一支，并没有马上要走的意思。

“小伙子，来，坐坐，聊两句。”

我搬了一只塑料矮凳跟他并排坐着，这是我第一次跟他近距离坐在一起，我内心掠过一丝紧张，当然，他永远都不可能知道我的紧张。

“你说，一个人怎么样才能凭空消失呢？”

这个问题有点熟悉。我当时来应聘时，店主钱老板倒是这样问过我类似的问题。我记得我的回答，我的回答是给鳄鱼吃了。因为我想起小时候的儿歌里五只荡秋千的猴子都被鳄鱼吃了，记忆中儿时的我很错愕。这个答案逗得他哈哈大笑，笑得他眼泪都出来了。他说他在另一个世界见过一个鳄鱼池，里头真就有一头鳄鱼，太凶猛了，太凶猛了。他笑完了，似乎有点沮丧，他又夸我有才，就这样录用了我。

所以我又笑着回答:“被鳄鱼吃了呗。”

葛先生在竹椅上坐着,没有笑,也没有说话。他眼望前方,头部不敢乱动。南方漫长的夏天侵占了秋天,夜风似乎来自宇宙的第二空间,很快刷新了人们在白天的体感和对白天的看法。这时候,他的电话响了。

十二

打电话的是大乐教育集团的老板金天卫,说孙副镇长约饭局,让他给面子出席。葛先生说不去,金天卫说还有钱玉龙,最好还是出席一下。葛先生不说话,他听出了语气,金天卫希望他能去。镇子小,就这么一个像样的馆子,一场酒席仿佛所有的大人物都在场。

馆子是衣郎的舅舅马腾龙开的,他原来是碧河中学的老师,也热爱买彩票,还真被他买中了,辞职开了这家客家菜馆,名字就叫“双色球客家菜”。有一阵子我喜欢跟他一起探讨彩票,但后来他中了,就宣布不再买彩票,要做点正经事。所以这家菜馆,也算是他的正经事。他经常在我的光头上一拍,说:“别做梦啦,做点正经事。”但我从来不知道啥才叫正经,只能正经地看杂货店。

葛先生戴着黑色的礼帽,走得很慢,到了客家菜馆的时候,其他人都已经到齐了,所以理所当然地将最中间的上座留给他。以往他会谦让一下,但今天他完全没力气说什么话,整个地球对他来说就是一艘正航行在波涛骇浪中的轮船,随时都有颠倒过来的危险。“好呀,欺负我迟到。”他努力保持平衡,让自己的身体能够平移到椅子上坐定。

大家注意到了他的满头大汗和扶墙走路的动作,都问他是不是病了。他不敢摇头,也不敢点头,伸出一根手指,像手枪一样指着自己的头颅,说:“里头的螺丝松动了,可能过些天就好,现在走路都天旋地转。”

孙镇长非常认真地问他,是否需要组织一场会议,全场用他的讲话稿。据说上一回他大病一场,但经过一场讲话稿会议的洗礼,浑身舒爽,大病很快就好。这个事情在葛先生的文章里倒是多次提及,他说一人分饰多角,就如同练习了一遍分身术,气血通畅百病消。

“葛老要保重!”马腾龙站起来,端着矿泉水瓶过来倒酒,“这茅台是孙镇长带来的,现在喝酒有风险,茅台都装在矿泉水瓶里头。”

孙镇长也站起来,抢着要给葛先生倒酒,说是上回多有冲撞,非常抱歉:“本来我想今天也将您喜欢的那个洗脚小妹叫来,热闹热闹,无奈常乐的老板说她已经辞职回老家了,您老如果还有哪个喜欢的,说个号,我打电话让他们开车带过来。”

葛先生脸色一红,倒有些不是滋味的羞涩。他端起酒杯抿了一口,这时候才环顾四周:经常说自己神经衰弱的金天卫,不怎么说话整天带着一块手帕的钱玉龙,头发都竖起来像刺猬的马腾龙,大热天还捂着西装的孙镇长……对面还坐着一个女孩,不认识。

“我来介绍一下，”马腾龙咳了一下，“这是小界，是钱总的朋友，主要做古玩生意的，还从事国学研究，北大高才生。”

小界站起来，对着葛先生笑：“葛爷好，别听他说的，仿佛高学历都成了罪过。”她一袭旗袍，胸部夸张地鼓起来仿佛随时可以爆炸，笑起来两个虎牙，下巴有一块硬币大小的黑色胎记。

钱玉龙穿着香云衫，又高又瘦，坐在椅子上像倚着一根甘蔗。因为小界是他带来的人，所以他开口说：“下午小界带我去看一副王羲之的对联，因为这书法确实太精妙，我反复端详，反复琢磨，流连忘返，不知不觉都到了吃饭的时间，所以就把小界一起带来。孙镇长总说葛先生喜欢美女，吃个饭，都是爷们，气氛也不太对。”

金天卫没等他说完，就问：“王羲之的对联？之前没听说过，拍了照了吗？给我瞧瞧。”

钱玉龙望向小界，小界拿出手机，翻出照片，递给金天卫。马腾龙也凑过去，嘴里啧啧：“这还真从来没见过，这得多少钱啊……中两次双色球都买不起！”马腾龙的嘴角往下拉，他本来就饿纹入嘴，眉头一皱更是一脸苦相。

小界笑道：“这对联还有些来头，是几十年前批斗抄家，从国学大师陈寅恪家里流出来的，来路清晰，还是有些意思的……”

孙镇长也凑过去看，连连赞叹不已，说这东西比《兰亭集序》有价值。他接着说：“手机递过去，让葛先生品鉴品鉴吧。”

葛先生摆了摆手，表示不用拿过来，他的嘴角荡起一抹十足轻蔑的笑意："假货。"小界看到这样的笑，有点受不了，一脸不高兴："手机还我，葛先生也不是啥都懂嘛，品鉴啥?!"

"啊？怎么可以这样跟葛先生说话!"钱玉龙伸手抚着葛先生的肩膀，"小女孩不懂事，先生不必介怀。"

"你倒说说，你都没看，怎么知道是假货?"小界一脸认真。

"现在能够考证的材料，对联最早始于五代十国，五代开始于公元907年，东晋的王羲之，出生于公元303年，如果这对联是真的，就相当于在明朝挖到了手机。现在的人，真是太不讲究了，造假也是需要智商的啊!"

小界脸色忽红忽白，站起来，将分酒器里的白酒拿起来一饮而尽，然后说了一声"我有事先走了"，扭着屁股就出了包厢。

氛围有点尴尬。

孙镇长又一次站起来。他个子矮，就喜欢站起来。他说："别的就不说了。那天冲撞了先生，我来赔罪，这杯酒先干为敬，先生随意!"说着端起酒杯，仰头一饮而尽，嘴里发出对酒杯深情一吻的声响，把大家都逗笑了。

葛先生举起酒杯，停在空中："你就是套路多，带点茅台，还用矿泉水瓶，我刚才抿了一口，觉得这酒有问题，你莫不是用假茅台来忽悠我们吧?"

孙镇长一脸错愕，惶恐地拿起矿泉水瓶，左看右看：“不可能吧？”

葛先生举起酒杯，也一饮而尽，哈哈大笑：“我们就喜欢假茅台！”

知道葛先生是开玩笑，紧张氛围一下子荡漾开来，大家都笑了。

葛先生才转头对钱玉龙说：“小姑娘一口喝了那么多酒，你还是跟出去看看什么情况。”钱玉龙犹豫了一下，出去了，不久就搂着小界回到了房间。小界脸上泪痕未干，妆容已残，重新落座，低着头一言不发。

马腾龙说：“我来给大家唱一首客家山歌吧。”大家还没说好，他就开始唱，都是哥哥妹妹之类的，大家笑，接着喝酒。

小界这时候站起来，倒了一杯酒，走到葛先生座位旁边。众人起哄，说这是要干什么。没想到小界居然单膝跪下，旗袍开衩的地方，白皙的长腿都露出来了。

“葛先生，我年幼无知，得罪先生，这杯酒，不单是赔罪，我还想拜师，你不收我做徒弟，我就不起来了。”

来这么一出，大家兴致更高了。

“不是……”葛先生慌忙转身去扶她，这一扶不得了，天旋地转，人往边上一倾，整个人扑在小界怀里。他的脸都感受到她胸部的柔软，但他不敢动，也动不了。

后面的情况就全乱套了，大家轮流过来祝贺他收了女徒弟，他自知理亏，喝了好几杯，天地早就一片混沌，于是就完全放弃了。他模模糊糊只记得大家都在讨论引力波和阴阳两仪的关系，还谈到了神秘的“摸物读字”，这是一种被开发出来的特异功能，不用眼睛就能“看”到纸片上的字。另外还有死了一个记者，他来调查藏獒怎么咬死了人。反正零零星星的事，他也不需要记住，所以就什么都没记住。

十三

小界在葛先生家里住了五天。她洗衣、煮饭、拖地，与葛先生做爱，仿佛就是这里的女主人，早就在这套180平方米的房子里住了很长时间。

南方季节不明的天上坐着太多憨厚的云朵，从地上看，也只看到一个个白云的屁股，浑圆而柔软。葛先生在阳台上望着天上的屁股发呆，然后他决定必须将小界赶走。不是因为自己快被榨干成为药渣，而是苏姑娘的电话。葛先生回到房间，将小界的所有衣物收拾了一遍，放在客厅的沙发上，然后他回到书房，假装看书。他听到外面洗碗的声音停了。他能听到小界脱下衬衫和秋裤的声音（在家里，她一直穿着他的衣服，她会将宽大的衬衫衣角在肚脐处打个结），接着是她换上牛仔裤的声音，扎头发的声音。然后，书房的门被推开了，小界无比妖娆地倚门而立。

“我会走。”她说。

“好。”他不知道说什么。

“男人都一样，你再好，他都会腻，看透了。”

“不是这个意思……”

“哦对，还有一件事，”她刚想走，又突然想起什么事，侧回身来，“刚刚钱总知道我还在您家里，说让我一定转达问候，并希望您帮他两个忙，您一定要帮，要不我就赖着不走了。”她笑着，甩了一下长发。她的语气像是开玩笑，又似乎不是开玩笑。她说钱总希望葛先生去给他们庞大的员工队伍上一次课，另外，下个月香港有一个量子力学研究机构过来探讨失踪人口问题，希望葛先生能出席记者招待会。葛先生感觉自己好像没有什么理由不答应，只不过这样的邀请方式有点奇怪，为什么不是钱总直接邀请他？这让他感觉那个晚宴简直就是个局，甚至连王羲之的对联什么的，都是事先预演好的。钱玉龙知道葛先生一定一眼就看穿这件所谓古玩对联的破绽，也预估到他的所有应激反应。

这样一想，他打了一个冷战：孙镇长一定跟钱玉龙说自己喜欢女人，于是钱玉龙就给了自己一个女人。小界的身材长相，都比苏姑娘要好。好多少？好一些都可以说是好一百倍：比她年轻，比她有文化，比她胸大，比她技术好，虽然他还不知道苏姑娘床上技术怎么样。

外面防盗门被哐当关上了，高跟鞋的声音听不见了，整个房间突然安静下来。

十四

上上课，站站台，本来也没事，这些事都是老本行。但葛先生完全失算了，根据后来一些老朋友反馈的消息，因为他去给“A团”上课，出席了“A团”的活动，大幅的宣传图片上了网，本县电视台晚间新闻都播了短消息，所以警方对这个传销组织的抓捕计划足足推后了三个月。三个月，有多少家庭的血汗钱被吸进这个庞大的机构里面来，有多少亲情陷入了骗局。关于传销的大致骗局模型，我们就不展开讨论，无非是利用大家的爱国情怀，以及发财致富的强烈愿望，利用多数人的思想来征服一个人的思想，从而让心魔在整个组织之间传播。只不过“A团”手段确实高妙，据说钱玉龙是在那个叫“私人行刑场”的机器里，感悟到传销之道，于是彻底失踪，重新开创了一个人生新局面。

那个所谓的香港量子力学研究机构更是滑稽，所有人开口闭口都是“薛定谔之猫”。仿佛这些失踪的人，这些弟妹姑嫂，最后都被关在一个盒子里，然后大喊一声：“开！”总存在失踪和不失踪两种情况。反正不管你信不信，最后他们都是失踪了。

这段时间几乎是葛先生最难过的日子，北京开了会，《新闻联播》里的很多经典表述都换了说法，政治考试复习资料上葛先生的头像也纷纷被拿下来，情况不太乐观。但如果你说葛先生是因为过气转而成为传销组织的帮凶，有了人生污点，才开车去撞石头，我想说，不是这样的，一定不是这样的。葛先生是一个经过风浪的人，心中有沟壑，大脑的频率通向星辰和大海，他知道自己在做什么。

葛先生的痛苦，还是来自苏姑娘，这个他至死执念的女人。

十五

在离开碧河镇三个星期之后，苏姑娘终于回来了。她在电话里问葛先生，她能否到他那里住几天。从她的语气和迅速的补白“我只是说说”中可以猜到，她已经做好被拒绝的准备。而此时的葛先生，眼泪都快下来了。他盼望她快点来，迅速来到他身边。耳朵里疯狂的石头总是时好时坏，这种感觉糟透了，总觉得自己不知道啥时候就会挂掉。特别在参加马腾龙的葬礼之后，葛先生第一次感到虚无。

这个倒霉的人，马腾龙，开了这家兴旺发达的“双色球客家菜”，本来以为从此走上新的征程，因为毫无疑问这馆子已经是碧河地区最火爆的饭馆了。但还不到两年（用他老婆的话说，装修费都还没赚回来），马腾龙就挂了。那天他觉得胸闷，说是要上楼去休息一下，但居然爬不了楼梯，浑身没力气，在送去医院的途中就不行了。医生说是因为这两年喝酒太多，心脏喝坏掉了。他老婆一听就哭了，说他这两年喝的酒比他前面四十年喝的都多，早知道还不如拿着福利彩票的奖金去海南买套房子，一家人就在天涯海角快乐生活，啥都不用瞎操心。在葬礼上，他老婆拉着每个人将上面的话都说了一遍。她来拉葛先生的时候，葛先生反手就抓住她的手，握得紧紧的。他希望掐醒她，但她的心被一层玻璃包裹起来，她宛若在梦中，自己对着自己说话。

当然碧河镇也流传着一种说法，说是钱玉龙的算命先生说了，一镇不容二龙来抢珠，马腾龙知道得太多了，所以就病死了。对于这个说法，我只想到龙哥，他就那样活活遭了毒手。看来名字里有龙字的，都不应该到碧河镇来。

在葬礼的前后，葛先生都给苏姑娘打了电话，但她没有接。一直到某天晚上，她终于来电话，说她第二天就会回到碧河，她希望能在他家寄住几天。她在电话里没提到达瓦，一直到她出现在这套180平方米的房子门口时，葛先生才看到八岁的达瓦。

"达娃？藏族孩子？"

"不是，我的孩子，他父亲是个和尚，我也不知道和尚叫什么名，只知道这世界最大的和尚叫达摩，就姓达。而且他生出来时哭声太大，屋顶有一片瓦掉地上碎了，所以叫他达瓦，瓦片的瓦。"

"达瓦好，达瓦好，快进来！我都不知道你有个孩子……"

"这么大的房子，就你一个人住？"苏姑娘疑惑地看着葛先生，葛先生只是笑。

进了屋，达瓦用他那双特别黑的眼珠子盯着葛先生看，眼里都是陌生而古老的敌意。不过很快，在吃光了冰箱里的柚子和阳桃之后，达瓦开始将眼光往上移，盯着那顶黑色的礼帽看：

“你是一个魔术师吗？”

葛先生激动得跳起来，连忙说是。他头也不晕了，耳朵里的石头也没出来作祟，摸出一枚硬币就开始玩把戏，客厅里充满了久违的童真的笑声。有几回还险些失手，急得手心都是冷汗。可能太急，硬币的把戏很快就没招了。然而他正着急是否露几手蹩脚的纸牌魔术时，达瓦已经换了频道，拿着他妈妈的手机打游戏去了。

十六

葛先生是真心喜欢达瓦。刚来那阵子，他几乎每天都带达瓦到我店里来买冰淇淋，然后带他逛碧河体育公园，每次都累得满头大汗，嘴里却发出乐呵呵的笑声，全然无视达瓦爱打闹、脾气不好种种毛病。达瓦每次到店里，都来摸我的光头，然后坐在我膝盖上玩桌上的计算器。这样的孩子几乎每个人见了都会喜欢，但我也从他的眼睛里看到了某种不易察觉的阴郁。

这小男孩有他的秘密，来到这个小区不到一个星期就出了一件事。苏长夏将葛先生送她的“小蛮腰”又带回来了，洗干净放到电视柜上。“小蛮腰”放在那里果然恰当，葛先生正想着那个位置应该放点东西。这种感觉随着苏姑娘重新移动家里的家具器皿而不断出现，仿佛因为她的到来，家里所有的事物才找到了自己的位置。

然而“小蛮腰”在电视柜上待了没多久，就被达瓦扔到了楼下。苏姑娘发现“小蛮腰”不见了，就问达瓦拿到哪里去了，才发现达瓦在阳台上只盯着楼下看。幸好，没砸到人，只是将一辆宝马的车前盖砸个窟窿，又弹起来把挡风玻璃砸成蜘蛛网。达瓦跟随着两个大人下楼，看到这样的情景，知道自己干了坏事，眼泪止不住地流。葛先生长长叹了口气，苏姑娘扬起手就要打，葛先生慌忙将达瓦抱起来，大声叫道别打孩子。他在达瓦的耳朵边告诉他没事的，只是以后绝对不许往楼下扔东西。达瓦抱着葛先生脖子号啕大哭，没有人知道这个孩子为何如此伤心。

葛先生和车主谈赔偿的事，达瓦跑到我店里来，他啜泣着，手指拨弄着桌上的圆珠笔。我给了他一罐可乐，他不要。我问他为什么扔掉“小蛮腰”，他只说他不喜欢。隔了很久才说：“我不喜欢我妈用它砸我爸。”

苏姑娘回乡的这段时间究竟做了什么事，葛先生无从得知。实不相瞒，为了这事，我还专程跑了一趟半步村，那破地方，如果不是龙哥死在那儿，我是不想去的。就单说一个细节吧，半步村有一座碧河大桥。我一听这么气派的名字，以为大桥至少也得用钢铁绳子斜拉起来吧，到那一看，就一座小破桥，又小又破，长度不过三四十米吧，竟然敢号称大桥。当然，毫无疑问碧河大桥是半步村唯一的大桥，这个村子里的其他桥，比如独木桥、水闸桥，都不过是几块水泥板加上一个水闸而已，在我看来都不好意思叫作桥。

但我没有获得关于龙哥的任何消息,倒是大概打听到关于藏獒吃人的事情,再结合达瓦非常关键的简单描述,我大概能还原事情的经过:苏姑娘以前跟过一个和尚,生了达瓦,并将达瓦交给母亲抚养。为了孩子和一家人的生计,她住进了一个商人的别墅里,后来商人生意失败跑路了,她在别墅里支撑不了,离开时将两条对她忠心耿耿的藏獒带回老家。她只知道那是狗,不明白这是会吃人的狗。在半步村,为了给达瓦找个爸,她嫁给一个姓顾的酒鬼。日子很难过下去,她独自外出打工,顾酒鬼在家里主要就是喝酒,然后虐待他的牛和两条狗。苏姑娘辞职回家去,和顾酒鬼在工作问题上起了争执,顾酒鬼打她,她反击,用“小蛮腰”砸倒了他。顶部尖尖的天线桅杆成了凶器,在他的大腿上刺了一个口子,鲜血直流。他倒下了,嘴里还骂骂咧咧说着酒话。整个空间突然安静下来,只有两条饥饿的藏獒在笼子里狂吠。她茫然地走到院子里喂狗,只希望两条狗别再吵,也别把邻居引来。但是笼子的门一开,可能因为血腥味,两条狗就扑向顾酒鬼,将他活活撕开了。慌乱中,她抱着达瓦一路狂奔,逃到娘家。后来的情况,就可以参见龙哥的新闻报道了。当然,那篇报道里,只说了狗吃人,没有提到“小蛮腰”的任何细节。

十七

所有事件的细节,都会被折叠到时间和想象的褶皱之中。

比如,这个事件的整理,也让我开始怀疑龙哥去半步村的真正目的,加上来换班的张三有一回无意说了一句“你的龙哥也不是什么好人”。我再追问,他却什么都不说。所以我更相信我的猜测,龙哥并非去调查传销案,而是另有所图。他有意高调地暴露自己,让别人知道有一个记者正在半步村,如果不是找死,就是为了找钱。我有种直觉,是张三将龙哥杀掉的,这小子横看竖看都不是好人,但没有任何证据。不久之后,张三也人间蒸发了,没有人知道他去了哪里。

比如,为什么尖尖的“小蛮腰”是扎在大腿上的,那也是我的虚构。如果砸倒一个男人,最顺手的位置是头部;如果想扎得对方鲜血直流,最合适的位置莫过于颈部动脉。但我不敢去想象这个情景,我不相信苏姑娘能经历这样血腥恐怖的场面。所以只能扎在大腿上,那地方肉多、松软,如果没有扎在大腿内侧重要的地方,不会致命。那么,苏姑娘就不是凶手,凶手是藏獒。

葛先生是不会爱上一个凶手的。

当然,说到爱,这样其实有点肉麻。葛先生这个年龄的人,已经不太谈这个了。年龄让人不谈情,也不说爱,只说生活,一起过日子。如果能够这样过下去,葛先生也就不用去撞石头。苏姑娘不愿意,不愿意再莫名其妙住进一个大房子里面,不管是 180 平方米的楼房还是 810 平方米的别墅。

她认真地对葛先生说:“我不想被包养,我得去工作,你如果真想帮我，就帮达瓦找个小学念书，学费我自己出。”

葛先生这才意识到，达瓦不应该孤独地在家里玩，他应该去上学。不应该将他留在家里像宠物一样养着，而应该把他送到学校里。这么简单的事情，他怎么就完全不懂呢？不过这对他来说，也是一件简单的事。葛先生打了两个电话，就跟苏姑娘说，明天可以把达瓦送进碧河中心小学，这个镇上最好的小学，刚开学不久。

苏姑娘眼圈都红了，她眨了眨眼睛，低下头，说了声谢谢。那天下午，他们逛了一下午的超市，给达瓦买了书包和学习用品。葛先生和苏姑娘都很激动，只有达瓦非常平静，他波澜不惊，对于小学，他只问了一个问题：“小学里有三个弯的滑滑梯吗？”这个问题把葛先生都难住了，他又打了电话，问清楚了，小学里面有滑滑梯，但不是三个弯的。达瓦嘴巴就翘起来，说那有什么好玩的！

葛先生知道在电影院的隔壁有一个破旧的游乐场，里面有三个弯的滑梯，还有脏兮兮的鸵鸟。他们正打算去，发现达瓦已经在葛先生背上睡着了。他们只能往回走，一路无话。钥匙在锁孔里扭开门时，苏姑娘才说了一句：“当时就不应该把他生出来，生出来跟着我都是受罪。我也受罪，为了这臭小子，这些年来我哪有什么尊严啊？现在更不应该要什么尊严，管他娘的包养不包养……”

“我可以娶你。”葛先生这句话把苏姑娘镇住了，她呆呆看着他。他背上的达瓦睡觉时流口水，他的小手还紧紧攥着葛先生的衣领。

“我可以娶你。”葛先生又机械地重复了一句。

“你就不怕我会害了你?”说了这句话，苏姑娘小跑进了洗手间，只听到水龙头的水声响了很久，听不到她的哭声。

十八

没错，我知道得这么详细，是因为我手里有葛先生的日记本。我用尽办法让达瓦从葛先生家里偷出来的，我是老贼，达瓦被我教唆成了小贼。我在日记本里看到“你就不怕我会害了你”这句话，发了一下呆。这句话有太多理解了，但不管怎么理解，苏姑娘从洗手间出来之后，他们俩就在沙发上做爱。这次性爱葛先生用了两页纸来描述，都不说人话，讲的是山洪、狂风和梅花鹿什么的，说苏小姐把他的整个世界都折叠了起来，但我全看出来了，就是性高潮。

我不明白的是葛先生不知道怎么想的，反正没有马上就去民政局登记结婚，反而放任苏小姐出来找工作，不小心她就进了传销组织，达瓦全交给葛先生负责接送和照顾。一个星期之后联系上了，苏小姐跟换了个人似的，想法全变了。她成了小界的副手，穿着高跟鞋、笔挺的衬衫和黑色西装。葛先生是在钱玉龙的酒局里见到她的，她也跟小界一样，端起分酒器一饮而尽。葛先生大概听出来了，苏小姐的酒场名声远扬，整个碧河的女强人都斗不过她。她三次端起酒杯，来向葛先生表示感谢，当着很多人的面叫他老公，并说她现在的事业刚刚有起色，打算租个房子请个保姆照顾达瓦。三大杯酒葛先生都喝了，但听到她提起达瓦，他终于忍不住说得去一趟洗手间。葛先生扶着墙走向洗手间，他的背后响起苏姑娘对着众人的慷慨陈词："我在生活中发现一股平行的力……"这句话让他的脑袋嗡嗡作响，她讲话的语调都有点像钱玉龙了。他抱着马桶吐了，胆汁和眼泪都倒进马桶里。他在马桶里听到自己的喘息声，像一头被豹子追击的梅花鹿。马腾龙的电话就在这个时候突然响了起来，把葛先生吓得瘫倒在地。接通之后，只听到马腾龙的老婆在电话里哭泣，她什么也不说，只是哭。哭了一分钟，就挂掉了。葛先生的耳石症也就重新发作了，他下了楼，摸到车门，开着他的破车，直接开向那块要了他老命的石头。

按照葛先生不知道什么时候立下的遗嘱，苏姑娘终于正式搬进这个180平方米的房子。她越来越有气质，穿着高跟鞋和丝袜，每次来店里买东西，都在抱怨达瓦太不懂事，母子俩经常闹翻了。达瓦跟我说的是另外一个版本，他说他明白一切。他跟我要了一个大塑料箱，将葛先生的很多东西都寄存在里面，包括他的黑色礼帽，这些被苏小姐当成垃圾清理出来的东西，全被这个小鬼当成宝贝藏在我的店里。我发现他很有当小偷的潜质，所以什么小偷的技巧都不能教他。

龙哥的那盆仙人球，也是这个调皮的小鬼打翻掉的。我这才在花盆里发现了一个小优盘，插入电脑，里面全是"A团"的犯罪材料。这让我想到，龙哥的死可能不是因为他正义的事业，而是因为他将这个正义的事业当成了一笔生意。他手里已经握有如此重要的证据，却让这盆仙人球在我这里放了将近一年，而此时“A团”已成往事。如果他没去半步村跟钱玉龙谈判，如果他将仙人球交给警察叔叔，故事将是另外一个走向，开车撞击那块“诗与远方”石头的应该是钱玉龙，他没有理由可以潜逃国外。

达瓦打翻了我的仙人球，他以为我会骂他，吓得很老实地坐在角落的竹椅上假装看书。我把他叫过来，让他帮我把那盆仙人球拿到垃圾桶里扔掉。他扔了很快回来，然后突然问了我一句：“徐灿叔叔，你说你以前是个小偷，你要是人贩子就好了……我想问你，这镇上你认识什么不要太坏的人贩子吗？哪天我跟我妈闹翻了，人贩子就可以带着我远走高飞。”

我将优盘藏好，我相信钱玉龙总有一天会来找我。诸事混沌难明，我们总得和凶手生活在同一个世界。我指着墙角的鱼缸告诉达瓦：“那些鱼也整天想着远走高飞，但它从水里一跃而起，飞起来之后就会掉到地板上。”

2017年10月21日于鲁院

虚度

没搬走之前，我的出租屋在西正路。这条街道被横穿的路切成几截，但碧河镇的人们提到西正路，一般都指被绿树覆盖的这一截。这里除了一家彩票店，其他店铺大概可分为三类。第一类是装修材料店，比如板材、瓷砖、五金之类。第二类是杂货店，廉价商品，质量都不怎么样。有阵子我拉肚子，上厕所又得下楼，于是在那儿买了一只绿色塑料马桶，准备在出租屋里应急，第二天马桶就爆裂开来，还把我屁股划出一道口子，流了很多血，到医院时护士总用怪怪的眼神看着我，以为我是同性恋。至于第三类，那就是这里有名的路边摊，但吃食味道都不错。这几乎成了我将房租在这里的最大理由。这两三百米的小街，聚集了猪脚饭、粿条汤、肠粉店、烧鹅店、牛肉店、砂锅粥等十来家小店，如果你能将地沟油之类的顾虑抛到一边，这里简直就是吃货的天堂。

到了晚上，各路吃货都活了过来，周遭的灯光暗淡下来时，西正路也开始变得热闹起来。我就是在这里认识徐灿的。那阵子我们几个人常常会在这里吃夜宵、喝啤酒、研讨彩票，有风流导演老苗，有理发师衣郎，偶尔还有衣郎的舅舅——碧河中学的老师，记不得名字，只记得饿纹入嘴，大伙都开玩笑说这是短命的面相，鼓励他及时行乐，多结账买单。徐灿就坐在我对面，他喜欢用牙齿咬开啤酒瓶的盖子。其实旁边就放着开瓶器，但他偏不用，装作十分洒脱地将瓶盖从嘴里吐出来。只听瓶盖当啷一声落在地上，滚出老远。然后他笑嘻嘻看着我说，再来一杯？说的时候已经开始给我倒酒。他倒酒技术也很好，泡沫刚好漫上杯沿，他便停住了。

这时我留心看他的手。手指果然如传说中修长白皙，只可惜这一双钢琴家的手偏偏长在他这样的小偷身上。他见我盯着他的手看，大概猜到我在想什么，便将双手在那颗光溜溜的头顶合抱起来，人往椅背上一仰，那双手就隐藏在脑袋后面。

“我不再偷了，进去了两次，每次都挨揍。”

我听说他在家具厂工作，于是问他能不能帮我打折买一张木床：“我要结婚了，需要结实一点的床，现在那床不行，人还没叫呢，床自己开始叫起来。”他摇摇头说，他们家具厂的家具主要做出口的，没有便宜货。“贵得不像给人类用的。”他建议我到附近的一个商场去，那儿经常搞促销活动。然后又说，我结婚的时候他一定会到场，在我的婚礼上表演魔术。因为他见过我女朋友，看了一眼就觉得是个好女人。

“你要相信一个小偷的眼光。”他感慨自己没有我这样的好运气。

此后又喝了几次酒，一来二去就混熟了。他每次碰面都强调在我结婚的时候他一定要来喝喜酒。我说到时给你发信息、送请帖，你可别说不来，他说他即使说不来，也一定会突然又跑来了，给我一个惊喜。于是我就当真了，办婚礼之前几天，给他发信息，但他回信息说不能到半步村参加我的婚礼。我以为他是开玩笑的，便回信息说不回来也可以，到时我用手机全屏显示一张你的黑白照片，摆酒席上，香就不用点了，大家口中念念有词就好。他终于忍不住回了电话，声音很低，说哥们，他现在惹了个大麻烦，真的回不了。他说话总是循环播放，一个意思需要重复很多遍。他说他现在正倒霉，厂里怀疑他偷了董事长的东西，他们正在搜查他，而他老鼠般东躲西藏觉得挺无聊，但又怕被抓到。

如果我知道他当时正准备躲进女厕所，可能印象会深刻一点。然而，这件事情本来就这样，平凡琐屑，乏善可陈，跟生活中大多数事情一样被我们遗忘。我昏头昏脑结了婚，又到外面傻乎乎晃荡了两个星期，美其名曰结婚旅行，其实就是穷鬼摆阔花钱买罪受。从半步村回到西正路，我口袋空空，还欠了一屁股债，满身疲惫，早已经将徐灿这么一个人忘记得差不多了。他没有如约送来红包，也没有如约送来惊喜，我将他与生活中喜欢夸夸其谈的人归为一类。

但办公室里的人却都在围观徐灿，他们围在一台电脑前面，正在讨论徐灿。我凑过去问:“这个人我认识,他怎么了?”

“你认识?”我的主编大人转过身瞪大眼睛看着我,仿佛我忽然全身加载了闪闪发光的盔甲。他指着电脑屏幕上那颗光头:“这好办了!真认识这个人? 神偷徐灿? 太好了! 我正愁网站的头条没着落,赶紧! 赶紧采访去!”

“去哪?”我一片茫然。

主编大人搂着我的肩膀,把我带到一旁,十分兴奋地要跟我单独谈谈。肩膀被他的手这么一搭,一股寒意从胃里直接升腾到心里,完了,这个动作意味着无论什么棘手的任务我都无法推托。我斜眼看了看我们主编,只见他三十而半秃(后脑到耳际还留有余地),愁眉紧锁,顿时觉得他也非常不容易。这家网站本来隶属于本市最大的报业集团。现在纸媒不景气,于是被独立出来,勉强维持了一年。今年为了节省租房的成本才从东州市区搬迁到碧河镇,集团领导的意思是反正网络嘛,万物互联,到哪儿都一样。集团领导擅长从宏观角度考虑问题,必要的时候总是将这个网站作为数字化转型的典型吹上天,不必要的时候就会随时威胁说不再拨款,要我们独立核算,自负盈亏。这个世界能吸引人眼球的东西越来越多,能维持关注的东西越来越少。我们网站新闻更新速度又跟不上微博和微信,所以只能靠所谓的深度报道和花边新闻勉强度日。上个月已经跳槽走了两个,公司又主动解雇了两个,现在剩下的这么几个人,像浅水洼里的小鱼,庙小妖风大,池浅王八多，同事间经常内讧，大家都想跳槽只愁自己没本事。所幸我必须面对的这些现实情况，我老婆倒是非常理解。她常常让我别急，她觉得我以后能成一番大事，至少她总是这么鼓励我的。

我们主编用很简单的话就概括了我接下来要干的事：

“这个贼，神偷徐灿——不知微博上谁给他起的名号，现在被关在清风家具厂的女厕所里，已经五天了，大家估计他要被饿死。家具厂第四车间的工人用微博发布了这件事，小范围内引发了热议，但目前还没有人进行深度报道，这新闻就发生在离我们不到十公里的地方，你要赶在外头大媒体到来之前去挖点料，等大网站的记者赶到的时候，徐灿估计都饿死了，除非——他吃屎。”

说着，我们主编肩膀颤动嘿嘿地笑起来，样子十分猥琐。

小偷、饿鬼、女厕所，这都是些什么无聊的破事！但我却只能赔着笑问，为什么被关进厕所里？主编说他也只知道一点点，所以才需要我去采访，不去采访，“寡人要你何用”？最后他阴阳怪气地暗示我，这单活如果没干好，就让我滚蛋：“我知道你刚结婚不久，也知道你很爱你的老婆，所以，为了家庭，为了这份工资，你得拼一下！”他就是这样为我打气的，感觉像战前演讲。

徐灿的电话已经打不通了，早就没电关机，想来工厂女厕所也不可能有给手机充电的地方。还有什么办法？我只能往清风家具厂跑。如我所料，家具厂大门口的保安将我拦在外面，这时我才发现门口其实已经有几个记者在这里拍照,城市不大,纸媒记者也都是熟面孔,偶尔出现新面孔,那都是新媒体的实习生——传统媒体这个老行当,愿意入行的人越来越少了。

先勾搭了一下门口的保安,递烟是必须的,赔笑脸也是必须。保安抽了我的烟,也就说上话,很快他就成了我老婆的老乡。所谓老婆的老乡,完全是扯淡,因为无论他说他是哪里的,我老婆都会是他的老乡。做记者这一行,五湖四海我们都能说上一点,比如提到云南就说说香格里拉牦牛火锅好吃,请教一下树叶野菜啥的,云南人基本都是植物学专家;如果是湖南人就聊聊凤凰古城,听他们抱怨;如果是天津就聊聊作为首都的小弟很荣幸也很委屈,反正主要的工作要点就是让他们发牢骚。如果什么都不知道就聊聊城管和路况,反正总能找到共同话题,最好能引发愤怒的共鸣,就自然能套上话。这种来自无知的愤怒,总是能够摧毁一切。其次就是给同行递烟(许多青年记者都不抽,或者嫌我的烟太差佯装不抽,但不碍事,目的只在勾搭)。同行记者也要打招呼,跟他们好好聊聊,套一套一些边角料,这样能省时省力。如果该同行身边还带着一个实习记者,那就应该跟小年轻吹嘘一下我眼前这位同行新闻角度如何了得,眼光如何犀利独到,然后,还是发牢骚,抱怨现在记者行业都很艰难,你们入行太晚,没赶上好时候,要趁早考虑好,别入错行。

以上的勾搭,都属于深度报道的必要程序。按照我们网站往常的工作惯例，所谓深度报道，不外乎道听途说再加上自己的想象。主编又来了两通电话催问进度，仿佛我是圣斗士，一到现场就已经把稿子写好。逼急了只有瞎编乱造，这本来是我的拿手好戏，我必须整合我们主编、门口保安、门口记者、对面小卖部阿姨、快餐店大叔的话和我自己的想象。但一想到我可能很快就要失业了，我这个胆小鬼还是感到压力巨大。回到办公室，大家都围过来问我怎么样。我一言不发，主编大人一声大吼，让他们该干啥干啥去，别影响我的思路。我第一次感受到来自他的呵护，赶紧打开电脑，打开文档，脑袋却如空白文档一样空白。在一片白茫茫里头，新的光就诞生于光中。

“你知道，徐灿是个小偷，全厂的人都怕被他顺手偷东西，有时候他本能偷了人家东西，自己还不知道。”我敲下第一行字，为自己的虚构能力感到脸红，但也只能继续写。“午饭时间，第四车间的徐灿逆着拥向食堂的人流走向公司办公楼。在清风家具厂，几乎每个人都认得徐灿那颗圆溜溜的光头。于是人群也自然给他让开一条道，更形象的说法是让开了一个半径两米的圆形空隙。”这样的情景与周星驰电影中的武打场面高度重合，确实让人感到难以忍受，但我必须将徐灿塑造成一个英雄一样的人物。

“这回他偷的是王董事长的手机，王董把秘书和保安队长都骂了一通，就赶飞机去了。从第四车间巡视回来，王董的手机就不见了。王董很着急，但再不出门就赶不上飞机了，王董将秘书王倩和保安队长谢林威叫进来，他简单地描述了刚才的情况，希望低调处理，摸清情况，追回他的耳朵。”

对，你没看错，他的手机就是他的耳朵。但这件事还是有必要详细说明一下。清风家具厂隔壁，就是大名鼎鼎的百合手机厂。提到百合手机，现在应该没有人会不知道吧？但我们网站的读者（如果还有读者的话）多数孤陋寡闻，所以还是有必要跟大家科普一下百合手机最先进的技术：将人的耳朵切下来，换成电子耳朵，也就是世界上最先进最时尚的百合手机。这个创新还是比较科学的。如果说人的身体有什么没用的器官，外耳绝对是其中之一。外耳唯一的用处，就是在跟爱人亲热的时候有可能引起一点点快感，其他时候纯属多余。天气冷，还可能被寒风吹出冻疮来。但如果将它变成手机，那功能就完全不同。这是一对多功能的耳朵，既不影响收集声音，也不妨碍戴眼镜的人挂眼镜架，而且，它同时具备手机虚拟成像的全部功能。这款手机不但不用再担心音质，因为手机就是耳朵本身。他最厉害的还能脑内成像，智能语音输入，手势和表情互动。更厉害的是，据说不久的将来很快就能实现意念输入和控制，这是它最大的卖点。所以，当百合厂的孔董对王董说，在市场还没销售以前，可以免费给清风厂的所有员工每人赠送一部耳朵手机，整个清风厂都沸腾了。居然没有人去计较百合手机厂是否将他们作为小白鼠，人们都相信科学技术会让我们的生活变得更加美好。

很快百合厂的工程师就进驻清风厂，他们穿着白大褂，白大褂底下是淡蓝色的工衣。清风家具厂的员工们排队无痛切耳朵，就跟几十年前人们在耳垂上打耳洞一样，工人们对这样的小手术感到非常满意，因为它代表着最新的潮流。切掉耳朵的脑袋显得更为简洁，如同一个圆满的句号。这条新闻我们没有捕捉到，都是各大媒体报道以后我们才回过神来。在这件事上，我跟我们主编有着巨大的分歧。我当时就跟我们主编说，我们可以深挖一些，这值得做深入的反思，从哲学层面思考这次手机技术革命背后的深刻意义，以及那种被解构的荒诞。还可以联系一些抽象画家……但主编大手一挥，认为我是在瞎扯淡。他语重心长地教育我，不要太学生气，思考问题要有前瞻意识。大家都说主编说得对，所以我只能沉默。

我们还是继续谈谈王董丢手机的事。王董说，他的耳朵绝对是在厂里，不会自己长了腿跑出去。“我手机里有所有客户的号码，还有许多重要的大人物……反正一定要找到！”王董丢了耳朵，不得不戴着一顶帽子。他越说越生气，把保安队长谢林威吓得连连点头。王董转头对秘书王倩说，现在去百合厂请工程师重新弄一对耳朵也来不及了，让王倩先把耳朵借他用两天，出差回来就还给她。王倩犹豫了一下，不得不将耳朵摘下来递过去。王董还问，手机没什么秘密吧。王倩摇摇头说，我的手机就用来打电话，用来给公司干活的啊，怎么会有秘密？有秘密也不会保存在手机里啊。我坐在电脑前猜想王倩说这句话时的神情，她一定已经想好了接下来几天应该戴什么颜色的假发，才能掩盖她没有耳朵的头颅。我像个小说家一样点了一支烟，窗外是下午三点钟的阳光，大街上有一辆摩托三轮车突突开过去，回响悠长。徐灿这样一个朋友似乎离我越来越远，在我的塑造中，他应该成为一个反抗强权的英雄人物，因为据我所知，整个厂都用上了耳朵手机，就只有徐灿一个人拒绝切掉耳朵。所以保安头子谢林威当然要怀疑徐灿，因为他与众不同。

“你为什么不切耳朵?”

“我又不是凡·高，我就爱我的耳朵！切耳朵在古代是刑法，别以为我没文化!”

鉴于徐灿居然还知道画家凡·高，他还自称自己有文化，所以我把标题改为《英雄徐灿 VS 神偷徐灿》，然后开始往下写:“王董一走，徐灿的噩梦就开始了，正在气头上的保安队长谢林威让人把徐灿叫过来，好像还打了他。”我的想象是，徐灿一进门就挨了一拳，正打中鼻梁，鲜血直流。另一种可能是，进门的时候那一拳他躲开了，却被按倒在地踹了两脚。总之，挨揍是必然的，然后是逃脱。他们说王董的耳朵是他偷的，他说他没偷手机。谢林威又让人接着打，问手机藏在哪。徐灿暴怒，一脚踢向谢林威的睾丸，然后一跃上了办公桌，从低矮的推拉窗跳出来，跑进了女厕所，将自己反锁在里头。关于徐灿踢谢林威的睾丸，守门的保安有若干补充:其一是徐灿之前就踢过谢林威的睾丸,这是第二次;其二是徐灿以前只是偷东西,踢人睾丸的事他并不在行,这个动作是鲁哥教的。鲁哥是谁?鲁哥就是鲁哥,清风家具厂没有人不知道鲁哥。

如果神偷徐灿被人关进女厕所,这样就太猥琐了(比如他被一脚踹进了厕所),显得不够曲折,所以故事里,“徐灿是自己把自己关进女厕所的”。清风家具厂的女厕所,散发出来的味道徐灿十分熟悉。以前他就曾经习惯性偷了别人的东西,被发现之后挨了保安的揍,还被保安罚洗半个月女厕所。这半个月,让清风家具厂的女工基本都认识了徐灿,因为第四车间的女厕所成为全厂唯一没有臭味,且散发着柠檬香味的厕所。以前女厕所前面的电线上经常停满了黑色的苍蝇,让整根电线都变粗了;而现在不会了,看得见电线红色的底色。厕所铁门以前老是关不上,现在也修好了,还配了一把小锁头。所以不难理解徐灿在踢了谢林威的睾丸之后直接跑进女厕所并将自己锁在里头——跑回宿舍显然太远,翻过围墙有技术难度,所以在第四车间和追来的保安周旋了一会儿之后,徐灿发现女厕所才是他的最佳选择。这间女厕所一共有五个蹲位、两个洗手盆、一个蓄水池、三支拖把,比职工宿舍宽敞多了。他把自己锁进女厕所,保安也从外面给女厕所的铁门加了一把锁。就这样,女厕所内外都有一把锁,关得紧紧的,很难说得清这究竟有什么深沉的寓意。这种感觉就是一只老鼠,在人们的喊杀喊打之后,拼命逃窜,却不料跑进了一个老鼠笼里头。老鼠在笼子里左冲右突,奋力拼搏,只是它不知道,它已经永远不可能出来了。

关于一扇关闭的门,我有一些自己的理解。三年之后我的妻子因为脑袋里长了一个肿瘤被推进手术室的时候,那扇门也关了起来。那个瞬间我感觉似曾相识,内外的两把锁同时锁住一扇门,出不去也进不来。你知道,我从那时开始陷入了极度的贫困,那种感觉像什么呢,好吧,就像年轻时候我认为我还能再帅一点,没料到那已经是我最帅的时候。贫穷是一个无底的深渊,掉进去就没有明天。

不感慨人生了,生活的质地如此无聊,无论如何虚构都无法变成彩色。我继续写我的稿子。“有人说那耳朵不是徐灿偷的。”我狡猾地写下这么一句,“有人”可以泛指一切人,也可以是我自己在问自己:如果不是徐灿偷的,那会是谁呢?鲁哥让人偷的?不是?那是怎么回事?监控?你们装了监控为什么不早说?但监控无法监视到董事长办公室,只能看到董事长那天早上在去第四车间视察之前,站在办公室门口表情丰富地打电话,打完电话他因为多年使用手机的习惯,将耳朵摘下来随手放进了后裤袋里,然后往前走了几步,停住,又折回办公室,十分钟之后才出来往第四车间走。这段视频谢林威反反复复看了多遍。他的分析是:假如手机是在这十分钟中丢失的,而不是在车间被偷,那么,这十分钟董事长回到办公室是去干什么?上厕所?没错!你的意思是说王董的手机是上厕所时从裤袋里溜进马桶里的?

手机泡在马桶里，所以自动关机了，打不通。但最新技术的耳朵手机应该是防水的，不存在泡进屎尿里就自动关机的问题。王倩说，不是马桶，是连接塑料管的蹲厕。王董便秘，喜欢蹲厕，不喜欢坐厕。便秘的人十分钟是不够的。不过也许他什么都拉不出来，他太胖了。所以，耳朵掉进了蹲坑的塑料管里头，里面没信号，加上屎尿阻隔，就形成耳朵的天然坟场。秘书王倩和保安队长谢林威取了手电筒，趴在蹲坑旁边朝塑料管里面左看右看，但里面黑乎乎的什么都看不到。一阵阵恶臭扑鼻而来，他们都觉得这样的分析过程有点恶心，不由得对着屎坑吐了几口唾沫。我如果没有猜错，他们应该用几张白纸，认真列出了丢手机的所有可能。但出于对睾丸痛感的考虑，谢林威还是愿意相信耳朵是徐灿偷的，他要将徐灿抓回来狠狠揍一顿，至少也要踢一踢徐灿的睾丸。

凭着道听途说，我拼凑出一个所谓的真相。但有时候虚构的真相反而接近事实，这就是为什么很多人愿意相信稗官野史也不愿意相信历史教科书的原因。当然，本地的兄弟媒体对此有不同看法，他们认为手机一定是丢了的，随后发生的东州市长落马事件与这台手机的丢失也有因果联系。只是这样的新闻只存在两三个小时，就被人悄悄地删掉了。

“徐灿没饿死，是因为有人从厕所窗口给他扔苹果。”我本来是想塑造出一个女主角，让这个故事荡漾一丝荷尔蒙的味道，但我刚结婚，所有对于爱情的美丽想象也发生了改变。所以我只能这么写:"如果没有猜错,应该是第四车间的女工,她们凑了一笔钱买了苹果和馒头,轮流每天从厕所窗口扔进去给徐灿。"她们在窗口主动介绍自己,喊徐灿,也喊自己的名字。按照她们的说法,她们一点都不心疼徐灿,这个小偷虽然看上去并不坏,洗厕所还能做得那么细致,但仍然不足以唤起她们的同情心。她们认为最重要的是这个厕所是第四车间唯一的女厕所,要是里头饿死了人,就没有女工敢进去解手,说不定整个车间都会闹鬼,所以,她们扔苹果这件事,完全是由于恐惧,而不是出于同情。

关于恐惧如何成为生产力,最有发言权的主角并非民间的鬼怪传说,而是这座城市里的地产商。他们熟悉恐惧的魔力,常常把我们领固定工资的这撮人弄得好紧张,觉得谁没有房子就永远没有房子。所以这座城市里的人们购买房产,很多时候不是因为他们有钱,而是因为他们没钱,而又怕房价的上涨让他们更买不起房。又比如,很多人是以为害怕别人总觉得自己怎么还没结婚,所以才结婚的——这话是我老婆说的……当然,这样的高论是没法写进新闻报道里头去的。新闻不需要太多真理的探讨,而只需要你用侦探的手法去揭发一个阴谋。

"手机一定是鲁哥让人偷的,这是一个彻头彻尾的阴谋,鲁哥就是想发动工人闹事,罢工抗议,但按时打卡,希望厂方解雇他们。按照新劳动法，解雇这些老员工要按工龄支付经济赔偿，这批老员工很乐意拿到这笔赔偿。”接下来的情况是，王董从外面回到厂里的时候吓坏了，办公室门口围着很多工人，希望厂方解雇他们，赔偿损失。但他们不打不闹，按时打卡上班，警察来了又赶紧回到流水线上去工作，游击战术，有勇有谋，让别人抓不到把柄。他们开始是打着为徐灿抱不平的旗号闹开的，后来情况就变了。一些老员工被煽动起来，按照工龄计算他们获得的赔偿比新员工多得多，所以闹得起劲。王董从外面出差回来，厂里的场面完全出乎他的意料，他躲进办公室里，给市领导打电话说，哥们啊，我的命就在你手里啊，赶紧来救我啊，他们起来造反革命了！电话那头的声音倒是异常镇定，当官的什么场面没见过？领导表示一定要安抚好情绪，别出人命，封锁消息，甭说什么记者，一只苍蝇都不能放进厂里去。王董哭诉说现在做生意的，都是弱势群体，员工一闹就必须妥协，现在网络发达，总不能没收人家耳朵手机吧，整个工厂的员工都没有耳朵，太他妈一目了然，要是被拍了照片传出去那得多难看。领导说，删帖费还是要你们来承担，别装，不然把你的桃色新闻爆出去转移大家的注意力。

……

我一连发了三篇报道，读起来跟小说一样，添油加醋，把我听到的细节都发挥得淋漓尽致。主编每次催稿，基本都是在鼓励我的虚构创作。因为这三篇报道，我成为碧河镇媒体界的小名人。所有读过我新闻报道的人,都印象深刻,对所有细节念念不忘。此后主编每次见到我,都满脸堆笑,还说我结婚的时候他没来喝喜酒,现在补送一个红包。我说不能补吧?他说没关系。确实也是没关系,我伸手就拿了,就当是稿费补贴。

新闻总会变成旧闻,这个世界总有太多的事情能分散人们的注意力,太多事情总会不了了之。没有人注意工厂的罢工是如何平息的,也没人注意徐灿了,我听说是他自己打破厕所的镜子,还在手上刺了一道口子,假装割腕自杀,让大家把他送到医院抢救,这才逃了出来的。毕竟徐灿不是老鼠,女厕所也不是捕鼠笼子。但在西正路的砂锅粥摊上,他就坐在我对面,对这个情节完全予以否定。按他的说法,是第四车间的女工抗议长期没有厕所可用,所以保安只能把钥匙交给女工,开门把徐灿放出来。据他自己说,出来的时候神清气爽(大概是素食的缘故),只是搞不明白外头怎么那么吵,喊口号、拉标语,简直就是在闹革命。他怕谢林威还来报踢睾丸之仇,出了厕所就去找董事长辞职。本来辞职的事也不必麻烦董事长,找副经理递个条子就行,而且大可以写上"世界那么大我要出去转转"之类的豪言壮语。但徐灿偏找王董聊了两个小时。聊啥?没人知道。但他走了之后谢林威就发现他的耳朵丢了,丢在王董的办公桌上:"在女厕所待了那么久,总得有点报偿,之前我没偷却说我偷,所以我只能来一次真的,这样才算扯平了。"他说谢林威同志的手机里头有太多好看的视频,女的都漂亮,众多男主角里头居然还有王董。只是当时王董气得大叫,动手把视频都删掉了。“不然可以给你学习学习,你们读书人干那活儿都比较单调。”他露出一个春光明媚的笑。

他在印刷厂找了一份工,离西正路更近,吃夜宵、买彩票也更方便。后来听说他竟然中了双色球二等奖,发了一笔小财,但也不思进取,跑去给人家看杂货店。谢林威理所当然被老板炒了鱿鱼,回老家去了。厂里有传言说谢林威是个同志,也有人说他实际上早就跟秘书王倩搞上了。老板谎称耳朵手机丢了,趁出差的机会将秘书王倩的手机借走了。王倩做事小心,但是手机里还是能发现一些秘密。所以有人看到谢林威走之前被揍得鼻青脸肿,秘书王倩在旁边哭哭啼啼,但也有人说不是感情的事,两人在老板不在的时候惹出那么大的麻烦,不付出一点代价是说不过去的。但王董在借了秘书王倩的耳朵之后,他突然迷上了借别人的耳朵。手机作为一个器官装在人的头上,它记录了太多连它的主人都不知道的秘密。王董在此后几年中最大的乐趣,是把自己关在办公室里,偷偷查看别人的耳朵。他经常猝不及防借走员工的耳朵,当然回头他会补上一笔加班费。如果员工不肯借,他也经常能让保安随手偷来。这些闪闪发光的耳朵,对于王董来说,就是一片秘密的海洋。

在清风家具厂,隐私泄漏已经严重影响了性资源的动态流向。有一回喝完酒,徐灿又开始吹牛,他谈到了王倩的床技,赞不绝口。“我进家具厂，就是王倩私下把我弄进去的。但她后来就装作不认识我，不过你看着吧，家具厂迟早会是她的。”徐灿似乎有点伤感。街角汽车音响店传来程璧的歌声：“我已经虚度了世界，它经过我。疲倦，又像从未被爱过。但是明天我还要这样，虚度，我还要这样。”我想起没结婚以前我老婆喜欢听歌，有一天还在微信上转发过这首歌，那时她眼睛明亮，像两块打磨得发亮的磁铁。她说是在结婚之后，看穿了我是什么样的人，她不再喜欢听音乐了，才突然喜欢上诗歌。但今天听到，有一些东西变得格格不入。那种感觉像什么呢？像身体里某个地方被扎进了一把匕首，直没入柄，被洞穿却永远拔不出来。

我本来正打算在王倩身上挖点什么董事长私生子之类的花边新闻，但稿子还没写出来，我们的网络公司就倒闭了。这本来也没什么可惜的，可惜的是我再也吃不上西正路的路边摊了。那些掺和了罂粟壳（俗称大料）的浓汤和吃不出什么肉的烧烤，味道总让人难忘。而这时，我得不到救治的妻子躺在病床上，视力越来越差，她让我给她读了很多中外诗歌。后来诗歌实在无聊，她让我给她读我写过的新闻稿，她说整天看着我忙忙碌碌，她想知道我究竟在忙些什么。我读了很多被主编多次表扬的稿子，她嘴角都挂着嘲讽的微笑。但读到神偷徐灿系列的时候，她呆呆地仰起了头，坚持让我扶她坐起来，用被子垫着后背，然后才让我反复读了三遍。她每一次都潸然泪下。我很疑惑，不明白这样纯属瞎编的无聊新闻有什么好感动的。她说，从子宫到坟墓，人总是那么孤独，但她希望自己也能有那么一个机会，成为一个健康快乐的女工，站在墙角用砖块垒成的高台上，给女厕所里被困的那个没有切耳朵的神偷扔苹果。显然，她通过想象代入将自己当成一个女主角了；显然，她还放不下世间的阳光和故事。但她还是坚决让我帮她把药丸塞进一只苹果的肚子里，因为她说吃药太苦了，她自己也没有勇气，所以需要我的帮助。我对她早就准备好了药片感到意外，这个整天乐呵呵的女人，此刻对于我而言居然有些陌生。我小心翼翼地照做了。我听到她抽泣的声音，我看到她的颤抖。她说我挖苹果的时候动作这么果断熟练，是不是早就想这么干了，是不是早就觉得她成了我的累赘。她就是这样总爱胡思乱想，对生活充满了假设。她那时眼睛已经完全看不清楚，只能哆哆嗦嗦摸索着，摸到那只苹果时她又捧在手里哭了很久，最终还是嚼烂吞进肚子里。

虽然有医院的监控视频为证，但没有声音，画面里呈现出来的事件就是我把妻子毒杀了。不知哪个好事之徒竟然把监控视频传到网络上，于是我成了震惊网络世界的杀妻案主角。警察并不相信我的话，法官也不相信我的话。我突然悔恨，当时应该狠下心切了自己的耳朵，手机如果成了我的头部器官，我就能够完美再现我妻子跟我说的每一句话。只有我知道妻子走的时候跟我说了一声谢谢，她活得太苦了。徐灿到监狱里看过我，他头顶竟然长出了一截头发，但坐姿一点没变——坐在椅子上，头往后仰，双手搭在后脑勺后面，看不见，但一定还是白皙而修长。他坐在我的对面说的第一句话是,你真他娘的是个混蛋!

2017年10月23日于鲁院

尘埃法则

一

“马多，就是马拉多纳的简称。”他习惯这么介绍自己。但这一回，在电话里笑着说出这句话，马多感觉自己嘴角的肌肉有点僵硬。“我挎包里还有一把匕首。”这个想法又蹿出来，让他习惯性伸手去摸摸自己的挎包。但挎包里面真的没有匕首，只有一台破手机。

“走在这样狭小的巷子里，就像一张被夹在书页里头的书签。两边歪瓜裂枣的居民楼，就像教辅书的难题一样烦人。”马多的脑海里闪过这样两句话，他再次为自己的灵感而感到一丝自豪。他早就习惯翻阅这样的老城区：肮脏，粗糙，逼仄，电线穿空而过，偶尔也有薄膜袋挂在上面。从这里再往东走过四条马路，就是城市的新区，那边一切都是新的，但马多并不喜欢。两年前，新区发生过一场大爆炸，大量化学危险品泄露，大火烧了两天才扑灭，死了不少人。倒是老城区，楼不高,密集,无序,但老城区的底线让人踏实。想着有那么多人在这里生生死死,就会觉得这个地方是安全的,像一个村落一样安全。

他掏出手机,很快就锁定了客户所在的位置。这是老城区难得的几栋高层之一。电梯门口拦了一块牌子,写着“维修禁止使用”。不碍事,这种情况经常会碰到,人有腿,可以往上爬。楼梯的转角死了一只老鼠,马多用牛皮鞋顶了顶老鼠的肚子。他做这个动作的时候,环顾了一下四周,但并没有一脚踩下去。鞋子是新的,他怕被老鼠的血弄脏了。楼道很窄,堆在门口的垃圾散发出刺鼻的味道。爬上了九楼,他有点喘。调整呼吸之后,他按了门铃,干咳了两声,“马拉多纳的简称”,他心里准备好这句话,听着门里面开锁的声音。其实跟以往一样,所有的开场白都完全没必要。开门的是一个女人,根本没有给他自我介绍的机会。“进来吧,”她说,“现在没有网络就像停水停电一样难受,半天没上网就让人心情烦躁。”她抱怨着,同时手上发出嗒的一声响。马多这才注意到,她手上还拿着指甲刀,边说话边嗒嗒地剪着指甲。

网络其实没有什么问题,这个粗心的女人把网线插在电话线的插槽里头了。但马多还是坚持让她打开电脑,说帮她的电脑查查病毒。女人很高兴,挥挥手就让马多自己开机,自己坐在客厅的沙发上嗑瓜子、看电视。马多打开电脑,插上移动硬盘,运行了程序,把可以拷贝的信息拷贝下来,同时还给电脑安装了一个小病毒。二十分钟之后他告诉女人网络通了。这桩生意本来跟以往的其他生意没有什么两样，他完全可以结账走人，但这时女人的黑猫突然从窗户跳了进来。

“喵呜……”那只小黑猫对他叫起来，音量不大，但着实把他吓了一跳。它看着他，恶狠狠的，眼中都是忧愁。

他下意识摸了摸挎包，里头应该是有一把匕首的！但没有匕首，他摸出了手机，举起来。举起来做什么，他总不该用手机去砸它，他不知道该做什么，于是给猫拍了一张照片。咔嚓！黑猫受了惊，跳下来，跳到地板上，小跑起来，跑到一双脚的旁边，用脸蛋去蹭女人的脚踝。

女人是什么时候站在他面前的，他竟然也不知道。

“你爱猫啊？可以送给你。”

“不用……”他有点局促，像是被窥见什么心事。

“不用这么腼腆，就送给你，你带走吧，”女人顿了一顿，用手去摸自己的小腹，“我们今年打算要个孩子，我也不能养猫，终究是要送出去的。”

不由分说，女人取了一只快递纸箱，把黑猫装了进去。黑猫很不配合，一不留神就从纸箱里跳出来，像个精灵一样从沙发那边绕过去，还喵了一声回头看着他们。女人身手倒也敏捷，她像母猫一样扑过去，逮住了黑猫，顺了顺它背上的毛，把它放进箱子里。但就在准备盖上时，小黑猫一缩脖子就跳出来，又跑掉了。就这样装了两次才装进去。女人用胶带把纸箱封起来，又用剪刀在纸箱上开了棋子大小的一个洞："给它透透气。"

"不用了。"他还想推掉，但只听到猫爪在挠纸箱壁的声音。

"拿着吧。"

女人的电话响了："宫晓梅，你什么时候过来……"她对着手机大声说着话，挥挥手，让马多关门出去。

二

春节刚过，这座城市的气温已经在快速攀升，最近几天忽冷忽热，简直让人受不了。过冬的棉被早就该收起来，但因为孙如寄喜欢斜躺在床头的棉被上抽烟，他的老婆柳小如把捆好的棉被故意多放了几天，睡觉的时候就用来架脚。

"棉被装好就收起来，老放在床上，占地方，本来房子就小。"孙如寄靠在棉被上抽烟。

她的老婆打开厕所的门，探出头来："你刚才说什么？"

"没什么，"孙如寄抽了一口烟才说，"棉被不收起来，夏天照样会来，而且照这气温看，今年一定又是高温。"

孙如寄露出一个笑容。

"你就乐吧你！不是说今年找了人来帮忙吗？"

"找了，人明天到。"

天气越热，空调就卖得越好，孙如寄开始要为这个夏天准备人手。

“我可说了，收了新徒弟别逞能，该让徒弟做的，就放手给他去做，你站在窗户里头指挥就好。”

“头一两个月，还得我来，现在的年轻人娇气，高楼上朝下一望都吓尿了。”

“人又不像猫有九条命，人恐高有什么错的？”柳小如就恐高，这位空调店的老板娘每次都会为自己辩解。

三

马多讨厌一切长毛的动物，不仅仅是猫。但他不好当着她的面，把纸箱扔掉，他只能抱着。黑猫还在里面抓挠纸箱，咔咔咔，像抓挠着他的胃。他走下楼梯，楼梯好漫长。出门走了几步，女人追出来，把他忘掉的挎包挂到他的脖子上。他都还没来得及斜挎过来，就在女人的目送中走下楼梯，只能任由这只绿色的挎包像罪犯游街的牌子一样挂在脖子上，击打着小腹。

楼梯似乎比来时更窄更暗，那只死老鼠好像也不见了。

“喵——”

他终于在它的叫声里把它扔在楼梯上，纸箱翻滚了两下之后停下来，然后啪啪又往下滚。他站住了，呆呆看着那只纸箱，脑海里浮现了小猫在里头挣扎翻滚的情景。

“叔叔，你的东西掉了！”一个从楼下爬楼梯上来的小女孩帮他把纸箱抱起来，很有礼貌地放到他手上。“里头是猫啊！好可爱！”她用一只眼睛朝纸箱的小洞里头看，“哦，是八楼阿敏姨家那只黑猫吧，我认识它，嗨，小句号——”她对着小洞扮鬼脸，也不管里头的小猫是否看得见。

“对，小黑猫，送给你？”他把箱子往她那边塞。

女孩一跃就上了两级楼梯，她蹦蹦跳跳小跑上去：“不用了叔叔，我们家已经有两只猫了，我妈不会让我再养第三只的。”

她在楼梯转角的地方回头朝他挥手：“叔叔再见！”楼上的防火门哐当一下关上了。

四

衣郎是宫晓梅介绍来的。宫晓梅是同志，她说衣郎也是同志。孙如寄开始不同意：“我让你帮忙介绍工人，你给我弄个玻璃，你啥意思？”

“玻璃怎么了？”宫晓梅把眼睛瞪得斗大，“我告诉你孙如寄，把衣郎介绍给你是你的福气。咱这么说吧，现在工人这么难找，你给的工价这么低，你那活儿高空作业，没几个人愿意干的，能找到个带把子的就不错了！能干活就行了，你管人家晚上睡觉是喜欢美女还是喜欢帅哥！”

孙如寄无言以对。宫晓梅说得也是，现在找个徒弟不容易——电器销售竞争激烈,商场天天搞特价让利促销,空调的安装费也就不断被削减,刚把一个新工训练成熟练工,一转眼人家就跳槽或转行,关都关不住。

宫晓梅见孙如寄没吱声,便接着说:“人家衣郎在西宠老家是个很好的理发师傅,这一回主要是找了个男友被他老爹发现了,抡起棍子追着他跑了半个村庄,他这才逃出来。他来东州,最初也找了一间理发店,结果他老爹人倔,一家店一家店去找,幸好躲得快,不然还闹笑话。他说想找个不用跟太多人接触的活计,我就想起你,安装空调,半空中也没人说话,所以人闷点也好。他是理发师,心细手巧,我看还比较合适。”

经宫晓梅这么一分析,这家伙身上还蛮多优点。

“你说他叫啥名字? 伊朗?”

“衣郎,衣服的衣,牛郎织女的郎。”

“有人姓衣服啊? 牛郎织女是哪个郎,怎么写?”

“郎酒的郎,知道了吧!”

孙如寄笑了,点点头,郎酒他太知道了。

五

马多抱着他最讨厌的黑猫穿过老街区,就像抱着一颗炸弹。每当他想把纸箱丢下来的时候,都能看到人,人们仿佛都在监督着他。这个纸箱如此扎眼,放下来就等于犯了错误。

肚子饿了。这个时候早已过了午饭的时间。马多专挑人少的巷子走,七弯八拐就进了这条熟悉的小巷,他无数次经过这里,但从来都不知道这条巷子叫什么名。或者它只是一条巷子,压根就没有名字,就像并不是每一个人可以借用马拉多纳来介绍自己。一棵大树覆盖了整个巷口,巷子里的温度比有阳光的巷子至少低两度。大树也不知道叫什么树,树下有一家杂货店。马多走进去,没看见人。

“有人吗?没人吗?”

“有。”一个声音传来,但不知道在哪里。走近收银台,他这才看到柜子后面的板凳上伏着一个孩子,屁股翘得很高,应该是在写作业。他有点胖,看起来像个鼠标。

“有什么吃的吗?”

向来进店买东西的人都是要什么就拿什么,没人会将一家杂货店当成餐厅,于是孩子抬头看了他一眼,大概是在鉴定他是哪一类人。只是一眼,他又低下头去:“你右边,下边,有方便面,楼梯下面有开水。加卤蛋另外算钱,两块一个。第二小区的快递就放到货架下面,其他小区的快递不收。”

马多愣了一下,这孩子显然是把他当成送快递的了。不过过午之后来杂货店找吃的,大概也就这样的配餐标准。他把纸箱放在杂货店门口大雨伞底下的桌子上,自己动手泡方便面去了。

方便面像劣质的性服务,饿的时候闻着挺好,吃两口就觉得没意思,吃完了就更没意思。正当马多感到没意思时,那鼠标一样的男孩坐到他对面来,手里拿着一台屏幕很大的山寨手机在打游戏。鼠标男孩没抬头看他,却对他说话:“这箱子里装着啥?送到谁家?”

他正想回答,箱子里喵了一声,一只黑爪从小洞里探出来。

“猫?”男孩子突然站起来,像后退了两步,然后探头去看,“谁家上网买猫吃吗?”

“我的猫,你喜欢,送给你?”他从来不养宠物,最多只养金鱼,金鱼没有毛。

男孩没回答。

“怎么样?送给你?”他追问。

男孩看着他:“这显然不是你的猫,你的猫不会拿来送人。”

“之前不是我的,但现在是了,我不想要它……呃,我老婆怀孕了,不能要这只猫,猫对孕妇不好。”他撒了个谎,把一些事实拼接起来还挺顺的。

“你最好别给我,我会弄死它。”男孩很认真地说。

“好啊,你弄死它。”马多笑了。

“那说定了,我怎么弄它,你都管不着。”

“说定了。”

六

衣郎拉着行李箱跟孙如寄来到十二指街，柳小如就迎上去："哎呀，这么帅气的小伙子！"

"这是你嫂子。"孙如寄介绍道。

"嫂子好。"

"哎呀，好，斯斯文文的，这像个大学生。"

"没高考。"衣郎尖尖的下巴动了动，才说出三个字。

在孙如寄的电器维修店里面吃完了午饭，柳小如就问衣郎找到落脚的地方没有。孙如寄说正想带他到附近看哪里有租房的地方，柳小如却说："要不就住到我们家里来吧，反正家里还有一间空房。"孙如寄正想说些什么，柳小如却突然站起来摸摸小腹说："小宝贝没有出生以前，你都可以住我们家，刚辞职的那个工人之前也住这里，他把房间弄得乱七八糟，你收拾一下就好了。"

"这怎么好意思呢……那我就按市场价付房租吧。"

"房不房租的以后再说吧，最重要的是要尽心尽力帮我们家老寄，装空调可不像剪头发动动手指头就行，要有吃苦的心理准备哦。"

孙如寄知道老婆的意思，她巴不得自己多一名徒弟。腼腆羞涩的男生向来比较讨女人的喜欢，孙如寄正犹豫要不要跟老婆讲明白衣郎的同志问题。但考虑再三，孙如寄还是决定什么都不说，对底下其他三四个工人更是一字不提。

“尤其是四毛，他是个大嘴巴，他知道了半条街就都知道了。”

七

那只猫被鼠标男孩用透明胶拦腰捆在树干上。树干太大，有点浪费透明胶。男孩跟马多说，帮我拍照。

“不是拍我，拍猫，远的，再来一张特写。”

马多依言拍了照片。

“好了，开始录像，别拍我的脸。”

鼠标男孩用铁钳，把猫爪一只只取下来。“特写！”他对马多说，“靠近一点！拍它的嘴巴，录它的叫声！”

“你录这些做什么？”

“可以传到网站上，赚点击率和积分。我先弄折它一条前腿，别弄死它，明天再继续录，今天这样应该够了。”

黑猫发出无比凄厉的叫声。

杂货店的阁楼上传来几声咳嗽声，一个老人的声音从上面传来：“小吉，谁家的猫叫得这么难听？”

男孩有点慌张起来，他提着黑猫的脖子，用剪刀剪开透明胶，把黑猫丢进纸箱里：“没有，猫叫春了！”

阁楼上安静了一会，又传来一阵咳嗽声：“别以为我不知道你又在干坏事,你爹要是在,看他不打死你!"

"真没有啦,阿公,是猫自己叫。我爹埋土里,他要能走下山来,我就给他打呗。"

说完,男孩把封装完毕的纸箱郑重其事地递到马多手里,然后低声跟他商量,希望马多把猫先带回去,明天再带过来,一起录像。

"不能给我阿公发现了,你别弄死它,轻点,回头我给你一个网址,或者你搜'猫天使',你可以上去看我们的视频,很多人看,很多人点赞!"提到网络世界的赞美,他脸色出现了一点红晕,仿佛春天的池塘荡起了涟漪。

猫在纸箱里嘶哑地叫着,像一个断奶的婴儿。不知道从什么地方吹来了一阵风,树叶哗啦了一下,只摇落了几片枯叶。

纸箱又交到马多的手里。他感觉自己的挎包里仿佛重了,一定多了一把匕首,只是他伸手去摸时,挎包里空空的,并没有匕首。

八

衣郎在孙如寄家住了下来。他将那个九平方米的小房间打扫了一遍,所有能擦洗的用品都小心擦洗过一遍。墙壁太脏,有几处还有浓痰的痕迹,衣郎买来粉红色的玫瑰花墙纸,把墙壁都贴满了。他在门后装了一面镜子,桌子和衣柜上面,各放了一个小盆栽。

柳小如从外面回来,推门一看都惊呆了:"哎呀衣郎,好温馨啊,都跟五星级酒店似的!”房子都打理成这样,看来打算长期在这里做下去,不是把这里当跳板,这让柳小如笑得非常灿烂。

“就随便弄弄。”衣郎有点不好意思,声音很低。

“衣服被子都叠得有棱有角的,真细心,你真适合这一行。老寄说新来一个徒弟,我还担心又来一个大老粗。你不知道上一回那个家伙,险些把老寄从十七楼推下去,幸好安全带钩着……我都接连拜了三天菩萨,这不,菩萨就把你送来了。”柳小如说着又捂着嘴巴笑开了,衣郎也笑,不过只是像没煮熟的蚌那样微微打开一下嘴。这样老套的电视剧一样的对白令衣郎厌倦。

柳小如出乎意料的热情让老寄感到有点意外,但晚上她却皱着眉对老寄说:“你说他斯斯文文的,倒是好,但空调机那么重,他抬得动不?”

九

马多终于找到了他们的视频和照片。男孩的网名叫“猫天使_JIJIJI520”,是网站的红人。马多想起他对自己不屑一顾的眼神,终于明白这份骄傲来自一种对比,对比建立在某个网站上,小吉是红人,而马多是新手。

第二天他比较忙,公司经理安排他到市郊去装一只路由器,所以没有将猫送到杂货店。小吉打电话来交代,一定要给猫吃点东西。

“吃啥?”

“猫当然是吃鱼,难不成吃你!”

他们都笑起来。马多对小吉说,你说起话来真不像个孩子。小吉在电话那头笑了,他说你们大人能看到的黄段子,我们班的同学都能看到;我们看到的,有些你们还看不到呢!

“只是,有时候我们需要装嫩,让你们感觉我们什么都不懂。”

从市郊回来已经是傍晚时分,马多饥肠辘辘,在街边吃了一碗鱼蛋粉。这时候手机响了,是一个陌生号码,接通了,是一个女人的声音,想请马多赶紧去帮她修网络。“断网没法活。”她的声音听起来有点熟悉,马多正想拒绝,不料对方却说,“我的黑猫还好吗?”

“你叫我阿敏就好。”进门的时候她笑着说。

马多检查了一遍,网络并没有什么问题,只是网线又插到电话线的插口上了。马多只能耐心告诉她,网线与电话线的插口是不一样的,必要的时候可以贴一张小纸条提醒自己,就不会犯同样的错误。

“不好意思,”她欲言又止,“其实我只是害怕,也没有其他朋友可以找,他们都忙……”

“你怕什么?”马多环视一下客厅,架子上都摆满了各种陶瓷装饰品,家里几乎所有的灯都打开着,把每个角落都照得通亮,没有什么值得害怕的地方。

女人感受到他打量的目光,进一步解释道:“我养了一只龟,吃肉的，我想去喂喂它，但是我害怕，它已经好几天没吃东西了，你能帮帮我吗？”

“龟？什么龟？在哪？”

“不在这边，在楼下的车库里。”

马多狐疑地看了她一眼，点了点头。龟身上不长毛，倒是可以考虑。他一直在等她询问他关于小黑猫的事，但她没有问，仿佛那只猫并不是她的一样。

出门的时候女人用一个购物袋，从冰箱里取了一大袋的肉，一起跟着马多下楼了。

“小龟吃不了许多肉吧？”

“是鳄龟，个头不小，一顿能吃很多肉。”

“鳄龟？”

车库打开，里头传来令人作呕的腐臭味，仿佛是死老鼠。那只鳄龟伏在铁笼后面的玻璃箱里头，一动不动，仿佛睡着了。女人把手里的肉都倒进去，鳄龟这才慢慢爬过去，叼住一块肉，仰起头，看着他们，半天一动也不动。

“你说它能不能吃下一个人？”

马多以为听错了。女人又清晰地重复了一遍。马多吃了一惊，本能地往车库外面退。

“不是说吃你……”女人哧哧地笑起来。一年之后，我在新闻里看到，这个穿白衣服的女人就在这个车库里自焚了。事情还闹出挺大的动静，不过这些都是后来的事了。此时此刻的这个女人阿敏，还是有条不紊地在打理自己的生活，只是恐惧有如空气和尘埃，将她笼罩了起来。

十

空调机子虽沉，衣郎还是抬得动的。“啥都好，就是太闷，半天都不放个屁。”孙如寄这样跟老婆汇报衣郎的情况，说完笑了。显然，太闷这个不算什么缺点，对于装空调这类高空作业的工作来说，应该还是一个优点。

是的，衣郎话太少了，该吃饭时吃饭，该洗澡时洗澡，除此之外的时间他都躲在自己的房间里。没有朋友，没有情人，没有亲人，远方也没有可以想念的人。宫晓梅来看过他两回，两回她都坐在客厅沙发的同一个地方，两回她都在摆弄着手里的口红，还不时拿出镜子照一照，后来索性把镜子一合，招呼衣郎给她剪头发。这时客厅里就像一个小型的剧场，大家围拢着，看衣郎剪头发。衣郎不慌不忙从房间拿出一个黑色的皮包，打开，剪刀梳子推子一应俱全。衣郎给宫晓梅披上白色的围兜，他手指修长，剪头发就如弹钢琴，从容而优雅。或者应该说像个雕刻家，细细雕琢，宫晓梅大大咧咧地喊：“这到底完工了没有？你这个死处女座！”

衣郎的第一条狗是宫晓梅送来的。她对他说，有人托我把这条狗带给你，你要是不养，我就送给朋友去喂鳄龟。小黄狗，毛茸茸的，团在地上，像一盘盛开的向日葵。小黄狗只有一只眼睛，右眼是一团黑。宫晓梅解释说，这条狗是从汽车上被抢救下来的，一车狗，他们拼死才拦下来，但这一条狗的眼睛已经被人用烟头烫瞎了。说话的时候她看着衣郎，衣郎低着头，并无太多言语。那天宫晓梅絮絮叨叨说了很多话，如果不是被一个电话打断，她估计会留下来吃午饭。宫晓梅一走，衣郎就抱着小狗进了房间。

宫晓梅透露，小黄狗叫嘟嘟。但第二天柳小如叫嘟嘟的时候，衣郎出乎意料地停住了动作，扭头看她，并说："不要这样叫它。"一切如常，没有人真会计较一条小狗的名字。当然，也没有人去关心背后的故事。

但嘟嘟确实太吵了。空调店的对面就是一家小炒店，经常人来人往，门口停了很多车。这些车很多都安装了报警器，不小心碰一下就响个不停。嘟嘟对这个声音似乎极为敏感，只要汽车报警器的声音响起，它无论在家里的哪个角落，都会狂吠一阵子。在接下来的半个月时间里，柳小如无数次被狗吠声吵醒。她本来睡眠就很浅，狗吠声让她无数次梦见恶狗。直到嘟嘟消失在人海，房间里传来衣郎小声的啜泣。

一个男人在房间里哭。柳小如示意孙如寄不要多管闲事，装作不知道为妙。

但小狗确实是丢了。柳小如的猜测是,小狗既然会吵到她,怕也会吵到附近的其他人。大家都认同这个说法。柳小如说前些天已经不止一个邻居到店里来探头探脑,问你们养狗了呀?只要这些邻居里头有神经衰弱的,就能在深夜清晰听到对面小炒店的汽车警报声和这边的狗吠声,那么人家使一下坏心眼,很容易就把一条小狗毒死或者套走。

“隔壁巷子里,昨天有个背着挎包的黑瘦男人,手里端着一个纸盒从楼梯上下来。”吃饭的时候衣郎没头没尾地说了这么一句。孙如寄也不知道该怎么接话,旁边的工人四毛倒是没看清楚情况,愣是来一句:“你不也经常抱着空调的纸箱爬上爬下?再说了,我听说偷狗的都用的是布袋,里边有迷药,一套进袋子里,小狗就不动了,说不定嘟嘟都进了火锅店……”

啪!衣郎把筷子一甩,放下碗走掉了。筷子在桌子上跳了起来,滚动,终于还是没停稳,都滚到桌子下面去了。

“我说的都是真话,还生气?不过幸好摔的不是碗,对吧老板?”等衣郎出去了,四毛又补了一句,“娘娘腔!看着就像电影里的杀人狂魔!”这话说者无心,柳小如倒是听在耳朵里。夜深的时候她对孙如寄说:“有时间你倒是查查衣郎有没有什么故事,你看他一直心事重重闷闷不乐,那天我看他对着手机看电影,字幕都是英文的,为什么要委屈做我们这一行？什么出柜被父亲发现这样的理由太牵强。”她说完还等着孙如寄回应，但孙如寄太累了，哼哼答应两声就鼾声四起。

十一

恐惧也笼罩着小猫，只是小猫浑然不觉。小猫已经没有叫，它能站起来，但站不稳。吃了东西以后，明显好一些。第三天一早，马多就把猫送到杂货店，小吉的阿公在，所以马多又吃了一碗泡面。这次，他多要了一只卤蛋。小吉毫不含糊地另外收了两块钱。吃完面，马多在座位上坐着，小吉就在旁边穿梭，他招呼每一个客人吃泡面。提供开水泡面，这几乎成为附近唯一可以吃到泡面的小店。来吃泡面的都是周边的，他们有的脾气也不好，对小吉吼了几句。马多就看到小吉帮他们端水过来的时候，顺便就在装满温水的纸杯里吐了一口口水。泡沫在水面上打转，马多心想，以后千万不能得罪小吉，不然你都不知道啥时候会喝到他的口水。

小吉的阿公终于开始打瞌睡。老人都这样，晚上睡不着，白天打瞌睡。客人都走了，小吉带着马多绕到屋后面的公厕里，像上次一样，他们将猫用透明胶贴在墙上。小黑猫的毛发一簇一簇的，显得又脏又瘦。它被贴在墙上，看起来像一只大尾巴的老鼠。

这次，小吉说他来录像，让马多动手。

“动手？”

“把它后面两条腿折断,今天可以拔掉它的毛。”

马多伸出手去,握住猫爪,他感到一阵战栗。内心的憎恶突然转化为激动,他发现自己的腔调都变了:“用力扭吗？用力扭吗?”

黑猫已经没有力气做任何挣扎,它的眼睛空洞地望着这两个人。小吉拿出铁钳,正在犹豫要先拔牙还是先拔毛。但马多说了一句话,打断了这个计划。马多说:“我查过你的资料,你爸很猛啊,两年前那场大爆炸,死了好多人,他在大火里救出了五个人……”

“我他妈什么时候让你人肉我！我他妈什么时候要你人肉我！我他妈……人肉!”

小吉猛地一脚踹向墙上的黑猫,猫血溅了他俩一脸。

“你他妈……滚!”他怒不可遏。马多很害怕他会来打他,他怎么会害怕一个胖嘟嘟的小子,但就是害怕。

十二

衣郎被一台空调主机砸中了脚,脚背肿成一个叉烧包。跌打骨伤门诊的老中医看了,说骨头没事,消肿就好。孙如寄将他搬上摩托后座,车子摇摇晃晃行走在夜风空寂的街道上。孙如寄觉得应该说些什么,便安慰说休息两天就好,骨头没砸坏就算是幸运的了。

“我总觉得嘟嘟还在附近,没有跑远。这几天夜里都我听见它被装在一只纸箱里,外面缠满了透明胶,它拼命叫却出不来。”

一路上，两人再无言语。

那些天气温时高时低，把街上的人都弄得很凌乱，不知道该穿什么样的衣服，总公司的网店那边一下子派来了十几单空调生意，店里突然就忙碌起来。

如果不是那只白猫的出现，一切也许并没有改变。那天中午，大家在店里刚吃完饭，孙如寄拿着手机在念一条微信里提到的“薛定谔把妹法”，四毛听半天终于弄明白这种泡妞的方法其实并不复杂：“就是让妹子有一顿没一顿的嘛，但我告诉你啊老寄，现在的妹子真没这个耐心。”他接着跟孙如寄分享微信里头一个用斐波那契数列炒股的妹子，“你都一大把年纪了，别整天想骗纯情小女生，我说呀，真正厉害的女人得会赚钱。你看，波又大又能……”他见柳小如正瞪着他们，话锋一转就说，“就像咱嫂子这样，大肚子顶着不只半边天。”

这时电话响了，本来约好三点出去装空调，客户说想提前出门，于是马上得去装。临出门时四毛还一定要把衣郎拉上：“这么急，我看还是让衣郎一起吧，脚不方便就帮我们捆一下铜线，不干重活就行。”大家都知道四毛的意思，凭什么小白脸就得养伤？他们又不是没少这伤那伤的。

面包车进了小巷子，一棵大树覆盖着整个巷口。孙如寄停车去大树底下的杂货店买烟。

“小吉，你爷爷呢？你又在鼓捣什么？盒子里头啥东西？来，给我拿一包烟。”

孙如寄很快回到车上:“怎么了衣郎?怎么脸色那么白?”

“没什么。”

车子重新发动。四毛问客户住的是几楼,有没有电梯上去。孙如寄让他放心,有电梯,是九楼。

“九楼真好啊,人家问住几楼,就说住酒楼,每天都住酒楼,多好。”

四毛很不以为然:“老寄这你就不懂了,九楼到十三楼是浮灰层,这灰尘啊什么的都在这个高度聚集起来,住这些楼层的人多数会烦躁不安,中间层嘛高不成低不就,反正我看过一条微信,就说这个高度暗物质负能量比较多,久住容易心情不好。”

“瞎扯淡,尘埃还会选择高度?都到处飘的,这是什么道理?”

“老寄啊,这世界上很多事情就是没有道理的。上次新闻上还说,有一伙人专门拿着匕首在街上扎人,扎之前还要问一句你开不开心,你说这有什么道理?恐怖分子需要什么道理?”

说话间就到了楼下,衣郎却突然跟老寄说他不想上楼。老寄问为什么,他支支吾吾半天才说,想回去刚才那个杂货店看看,因为“刚才在杂货店外面好像听到了嘟嘟的声音”。孙如寄笑了,他说他只听到猫叫,他进去买烟,如果有狗叫他是能听到的。但他还是同意衣郎去看看:“去吧,反正你也帮不上什么忙。”

上楼的时候老寄抽了一支烟，装空调的时候他抽了另外一支，然后那包烟就再也没有抽完，因为老寄从九楼掉了下来。这件事可以从第二天当地的新闻中看到，据说就是因为白猫，一只被困在九楼空调主机上的白猫。

而面对着柳小如，四毛哭哭啼啼，说老寄上楼的时候还在念叨这衣郎不要因为丢了一条狗就出现幻觉，还说是不是应该给他另外再买一条狗，所以见到空调上那只白猫，他眼睛就亮了。大伙都知道他的意思，救下白猫就可以给衣郎当宠物。“你说一个大男人养什么宠物嘛！”四毛说完就看着旁边默不作声的衣郎，看他有什么回应。但衣郎坐在那里，像一台没有信号的电视机，完全是蓝屏的，一动也不动。

十三

回到出租屋里，马多有点累。他洗了脸（照了两遍镜子），躺在沙发上，昏昏沉沉中梦见自己被贴在墙上动弹不得，醒来的时候一脚踢翻了垃圾桶。这一脚蛮用力，垃圾桶滚得老远。

他去厕所撒了一泡尿。厕所的小窗外显示现在已经是午夜，月光照在他的把柄上，一切似乎与以往有了一些不同。有什么不同？他也说不清楚。他回到客厅，打开电脑，运行程序，屏幕上显示黑猫主人——那女人阿敏的电脑依然还开着。他摸了摸键盘，打开了她电脑的摄像头。画面里一片漆黑，倒是传来了一阵叫床的声音。他躺倒在椅子上，把音响调到最大，小房间里瞬间充满了淫荡的声音。这个怀孕的女人如此激越，难道她没有感觉电脑上的摄像头正如黑猫的眼睛在盯着她吗？

他闭上眼睛，伸手掏出把柄，撸了撸，两分钟后就一泄如注。他像吃了一包劣质的方便面，竟然呜呜哭了起来。

他知道这个叫床的姑娘阿敏在这个月里就会接到至少十个广告推销的电话，然后她的姓名电话信息就会被转卖给其他人。她电脑里的照片和视频（里头有一个她在制作陶瓷的视频，还蛮有意思的，拍摄地点就在车库里），也会被他的经理分类出售出去，而她也像那只黑猫一样浑然不知为何落入圈套。

他伸手去摸他的挎包，掏出纸巾，擦了擦键盘和显示器。又用那片带着腥味的纸巾抹掉眼睛的一点湿，舒了一口气。

他关掉电脑的声音，把手放在键盘上，整个世界在他手里舒卷开来。他打开这个茫茫世界的一个网站，给自己注册了一个新网名，叫“猫天使_MAMAMA520”。在个人介绍那一栏，他不假思索地写上：“走在这样狭小的巷子里，就像一张被夹在书页里头的书签。两边歪瓜裂枣的居民楼，就像教辅书的难题一样烦人。”

他刷新了一下电脑桌面，将小黑猫的照片设置成他的桌面图片。

十四

柳小如比衣郎想象中要坚强得多。她挺着大肚子,依然大口大口地吃东西。她像所有女人那样哭泣,也像所有女人一样把自己的丈夫送进火炉,在这个过程中她还需要应对各种面孔,在保险单上签名,最后小心翼翼把每一份吊唁的帛金用一个小本子记录下来。在这座城市里,人情的账本是分明的。然后这个时候,她才看到衣郎。衣郎收拾好他的行李,在客厅里坐着,手里拿着指甲刀嗒嗒剪着指甲。

“那天你不在?”

“嗯。”衣郎点了点头。他明白她的意思,如果他在,或许会阻止孙如寄去救那只白猫,因为安全带并没有那么长。他也不打算告诉她,他在杂货店里头看到了嘟嘟是什么样的惨状,以及他对那个男孩小吉做了什么。

“走之前,你给我剪个头发吧,我要最短的。有工具吗?”

当然有,她知道他有。衣郎打开行李箱,取出一个小黑包,工具一应俱全。他给她披上白色的围兜,然后按部就班开始剪。他的手指是温润的,紧贴着她脖子上的皮肤,剪刀嚓嚓在头发上游走,像一个没有观众的魔术。然后他打开剃刀,小心修掉她脖子上细细的汗毛。

“我看见你用这把剃刀,把嘟嘟唯一的眼睛划瞎了,它才跑掉的。”

带血的剃刀应声落地。

“对不起,对不起,我不是故意的。”

这时,门外有人敲门:“嫂子,我是宫晓梅！衣郎收拾好东西了没有？再磨磨叽叽就赶不上高铁了。”

凤凰铁锁咒

一

那股猪的气味，一直摇曳在我的记忆里。无论猪肉涨价或降价，我绝对不允许饭桌上出现猪的味道。卡儿问我是不是信佛，我说是佛信我。卡儿笑着说这样唯我独尊的境界挺好的，现在做一头猪比做人还值钱。

我讨厌猪，即使我出了狱，穿着无袖的黑外套和故意烧破两个洞的牛仔裤，重新出现在碧河镇十二指街，我依然痛恨猪，依然习惯对卖猪肉的胖子怒目而视。卖猪肉的胖子叫彭五，我小时候很怕他，他眼睛圆鼓鼓的像要突出来，砍猪骨头的刀又快又准，我一直不敢正视他的眼睛。但当我十五岁的时候，他在破爷家遇到我，此后他就懂得尊重我了，老远就和我打招呼。后来我的左手臂文了一只鹰，他就主动发烟给我抽。我的右臂开始能文上蛇剑，我就叫胖子彭猪肉，他并不敢反对。我不断地建功立业，手臂上的蛇剑已经文了三把，胖子彭就不敢正视我的眼睛。

我讨厌猪，也就讨厌胖子彭，这种印象直到后来我看到他一个人蹲在墙角哭，才开始改变。那是晚上，路边的玉兰花发出清幽的香气，我第一次从他的哭声中感受到一个胖子的忧郁和凄凉，这勾起了我对铁窗岁月无边的回忆。在高墙之内的第一天晚上，我也是这样哭的。他们向我围过来，问我，要五还是要八？我一辈子都没有见识过这种场面，更希望永远也不要再有见识的机会。他们都围过来，我并不认识他们，所以我说：什么是五，什么是八？

五是五百，八是八百。一个人回答。

我预感到可能会挨揍，但还必须问清楚，就问：五百怎么说，八百又怎么说？他们也很有耐心，一个人摸了摸自己的拳头回答了我的问题：五百是硬的，八百是软的。

我对硬的开始有了认识，心里掂量五百个拳头估计挨不过来，我说我选软的。那是寒冬腊月，号子里像个冰窖，我说这句话的时候，看到了自己口里喷出来的热气。

他们都哈哈地笑。一个人说，每天十桶，你有三个月，给你打个八折。水池边的水绝对是冰的，他们是从我的头部开始，慢慢淋湿我的衣服。他们没有一次性让我湿透，他们开始计时，在我消化完一桶水的寒冷以后，他们会给我带来第二次新的感受。在折磨我这件事上，他们显得经验丰富手法老到而又创意百出。他们能够控制水的流向——从脖子进去，或者从后脑到后背，从外套到内衣或者从内衣到外套。他们说耐心地灌溉能让我茁壮成长不再生病，结果我还是病倒了，发烧。他们说我应该降降温，再加一桶。三百桶没到，我就得打点滴。

我第一次知道，我所熟悉的水，那些晶莹的液体，原来可以如此让人战栗。那个晚上我昏迷不醒，我似乎又回到了童年，在十二指街，我们一家人挤在家里唯一的一张大床上，那头猪，就睡在我们的床下面。我们必须养猪，它是我们姐弟俩一个学期的学费——也由于这个缘故，这头猪在家里得到我的混蛋父亲的充分尊重，我们必须跟它生活在一起，在它拉屎的地方吃饭，让它在大床底下啃着床脚。每个晚上，猪的鼾声和我的父亲，那个醉汉的鼾声总是连成一片。我的姐姐也从她的懦弱天性中慢慢走出来，变得肆无忌惮。她已经可以当着我的面蹲在地上小便，她不懂得脸红。我依稀还记得我母亲去世那阵子，我的姐姐，凌彩霞，她会低着头弱弱地问我，弟弟，你的苹果能不能切一点给我？而后来，她会霸占所有的苹果，坐在门口的椅子上，把一只脚搁在门槛上开始歪着头大口大口地咬着苹果。她对吃光所有的苹果有自己的理解。她说，率真才是真正的生活。但她的率真并不能让她把苹果再从她肚子里重新吐出来，找不到苹果吃，我还是会打她的，我醉酒的父亲也是会打她的。她只有跑。有一阵子，她经常不回家。在外面睡舒服多了,她说。

二

胖子彭在街角哭了半个小时,就站起来拍拍屁股回家去了。我分明记得他是蹲着的,不知他为什么要拍屁股。

那时木棉还没开花,玉兰的香气沁人心脾。

第二天遇到胖子彭,我并没有表现出我内心的友好,依然用半嘲讽半愤怒的眼光看着他。然而令我奇怪的是,他似乎变得无所畏惧。他不再讨好地笑着,也不再递烟给我抽,只是抬头看了我一眼,又继续切他的猪肉,很平静。猪肉的气味令我作呕,于是我赶紧离开。

胖子彭猪肉生意的顶峰时期,他几乎垄断了十二指街整条街的猪肉生意。没有人敢和他抢,他只要露出左臂蓝色的鹰,就没有人敢和他抢。蓝鹰是破爷给他的。按破爷的规矩,有一只鹰,你就可以指挥没有鹰的人。那时胖子彭赤裸着上身,挥动着猪刀,汗如雨下。一天能卖八头猪,他说。十二指街的人,一天可以吃光八头猪。在他扬扬得意的语气里,我感到一阵恶心,这也是我讨厌胖子彭的重要原因。

每天早上,猪肉卖完的时候,胖子彭会买一碗热腾腾的豆浆。他似乎特别珍惜这一个时刻,他站着,一脚踏在椅子上,一手扶在猪板子上,另一只手则慢悠悠地,像领袖一样地夹着烟往嘴边送。吸一口烟的时候,他会若有所思地半眯着他的大眼睛。烟抽完,豆浆温度适宜,他头一仰,咕咚咕咚,一碗温暖的豆浆就被送进胃里,同时他长长地舒了一口气:咳哎——

但胖子彭是怕我的。用破爷的话说,我干的才是正事,所以他才给我一只鹰还有三把剑。三把剑,你想砍谁就砍谁,破爷今儿个说的可不是酒话。破爷说这话的时候,用他干瘦的手指不停地敲击着桌面,以示斩钉截铁。

我干的当然是正事,在我的培训下,手臂上文着蛇的各路兄弟活动频繁,十二指街几乎成了全市赃车的聚集地。人们提到赃车,就不得不和十二指街联系在一起。到这里买车的人络绎不绝,我曾经怀疑这才是胖子彭一天能卖八头猪的真正原因。

然而,那一年木棉花燃烧起来的时候,胖子彭还是死掉了。我依然记得那个玉兰飘香的晚上,我这位得了绝症的胖子朋友蹲在墙角抱头痛哭的情景。我也终于明白了胖子彭对我的无所畏惧是由于他碰到了更大的恐惧,那就是死亡。

十二指街的人说,是癌细胞把胖子彭的心肺都给吃光了。死的时候,胖子彭的肚子胀起来,像个孕妇,但他存放心肺的胸部却干瘪下去。胖子彭死死地掐住自己的喉咙直至断气。根据这样描述,我的理解是,胖子彭大概尝了人世间终极的痛苦,宁愿把自己掐死。从这一点上,我愿意称他为胖子朋友。

三

十三岁那年,我醉酒的父亲开始殴打我的姐姐——凌彩霞,这个因为对食物过度眷恋而显得有一点胖的女孩。我的父亲凌天财是一个失业的铁匠,只有在醉酒时才能找回他的铁匠本色。我每个晚上都听着姐姐的哭闹声入睡,床很大,我也很困,在半梦半醒之间,总听得见姐姐的啜泣。我父亲不敢打我,因为每次打我,我就把怒气迁移到床底下那头猪身上。“凌天财,”我直接叫他的名字,“我会把猪打死的!”我抽打猪的时候,比我父亲抽打我要厉害十倍,我必须用我的怒气把父亲给镇住。果然,为了猪还能在家里活下去,我父亲不敢打我。

但我姐姐渐渐不哭了,她开始用沉默来对待羞辱和疼痛。而由于她的这一变化,我的父亲也渐渐丧失了打她的欲望。打了也不哼一声,跟踢一面墙有什么区别！我父亲说。

我姐姐开始宣布不念书了,想出去工作。父亲对她的这一壮举大为赞赏:好！出去赚钱好,人迟早都要独立的！只有我知道姐姐不念书的原因——她暗恋了两年的一个男老师突然宣布结婚了。该老师姓徐,她不止一次地在日记里(我偷看的)描述徐老师能写一手好字,会唱刘德华的歌,会弹吉他,还能朗诵古诗。总之,在当时的凌彩霞眼里,他身上具有男人的一切优点。

我那时只觉得姐姐这场无聊的单相思离我很远,却不知道正是这一个男老师，会成为我的班主任，并赐予我闯荡天下的无穷力量——他本来可以交给我天堂，可惜没有，他交给我一个地狱。

十三岁那年，父亲终于把家里的猪卖了。按照惯例，父亲买回一只鸭子，在二十平方米的家里大摆宴席，宴请我们姐弟俩。但这一年，由于姐姐不念书了，父亲用上帝一样的口吻说：你姐的学费，就给你买一辆新自行车，你每天上学要骑那么远的路，那辆车天天坏天天修，还不如买一辆新的。

我那时觉得这个铁匠就是一个神！

我得到了一辆新的自行车，凤凰牌，骑上它就像真的骑着一只凤凰，我觉得自己都能飞起来。十三岁，我穿着白衬衣，衬衫的下摆飘垂着，阳光照过来，照在我身上。我姐姐远远地看着我，看我骑着新车欢呼雀跃，她面若桃花，笑容无比灿烂。此后的岁月中，我再也没有看见过这么美的笑容。我姐姐一直在美容院和足浴城之间辛苦地劳作，反正不是帮人洗脚，就是帮人洗脸，对她而言，她手中的脚和脸差别不大，与应该擦洗的碗盘也并无二致。

第二天星期一，我骑着我的新车上学去，我想象着男同学们羡慕的眼光，期待着女同学红着脸对我说：你能送我回家吗？

这是新车啊！我喝了两大碗水，早饭也不吃就出发了。路还远着，路上尿急，我在一个公厕门口停了下来，这一停，却改变了我一生的命运——从公厕里出来，我的“凤凰”已经飞走了。我把它锁好了，但它还是不见了。无法用语言形容那一刻我看到路边空荡荡不见我的车时的感受，我多么希望附近埋伏着我所有的好朋友，他们马上就会从草丛里蹦出来，告诉我车还在，一切只是一个玩笑。

但确实不是玩笑。我在路边蹲了很久，最后抹干眼泪，我总得上学呀。走在路上，走在旷野中，朝阳就升了起来，我看见自己单薄的影子，晨风吹动我的衬衫，我显得那么瘦。这么瘦的一个孩子，还是被人偷了车，想到这个，我就哭了。路上空无一人，四野空旷，巨大的空间把我的所有哭声都吞掉了。

到碧河中学时，已经是第二节课，我喊了报到，抬头一看，班主任徐老师在上课。但他似乎看不见我，我想是我的声音太小，他听不到，于是我说：徐老师，报到！

可不料他扬起黑板擦，啪地朝我脸上掷过来，打个正着。我还在喘气，被粉笔灰一呛直咳嗽。我还没明白怎么回事，他已经一把将我拎到教室后面。他说：为什么迟到？别跟我说自行车坏了！你的自行车怎么就天天坏！

不是坏了，是丢了！

你那辆破车，还有人要你的？他冷笑了两声。我感到全班同学都朝后面望过来，有人已经开始附和着老师，咯咯地笑起来。

我不得不辩解道：是新车。

你也有新车？他又冷笑一声：你不是要跟我说，你家里床底下的母猪生了一辆新自行车吧？全班哄堂大笑。完了，现在所有的同学都知道我们家床底下有一只母猪了。但徐老师那次去家访，还夸我们家的母猪长得好。

徐老师接着又说：你要说旧车丢了明天又骑来那还不行，凭空杜撰出一辆新车，说丢了，明天依旧骑着破车来上学，这借口天衣无缝，你看你真无药可救了！

我看着他，眼泪就滚下来了，我想着我的新车，它现在在哪里？它骑起来就像飞一样，现在它又驮着谁呢？

我亲爱的徐老师继续说：我盯你很久了，学习也不行，纪律也不行，要是每个人都像你这样迟到，那我这个班不是要全校倒数第一！

我的车真的被偷了！

偷了？那你就去偷回来啊——你去把你的新车偷回来啊！人家能偷你的，你就能偷人家的！说有什么用，我倒想看看，你的新车长得是什么样的！

我想辩解，但居然说不出话来，我的心里就像一千支针刺着一般痛。却有一句话在我的心里刻录了下来：人家能偷你的，你就能偷人家的！

最后我写了一份五千字的检讨书，交了上去，徐老师说格式不规范，重新写。我只得熬夜重新写了交上去。本以为这件事过去，我的生活就可以恢复原状。然而接下来的日子，每个人见到我，都问：凌国庆，你的新车呢？凌国庆，你姐姐去当小姐了，她有没有给你买新车呢？凌国庆，你的破车又坏了？

四

破爷说，该是天堂，该是地狱，都是自己给自己的。

当我每天都换一辆新车时，没有同学再敢嘲笑我了。他们都怕我，其实，他们是怕我手臂上文着的那头蓝鹰。

蓝鹰是破爷给的。破爷叫人把我带到一个破窑里，用黑纱布蒙了我的眼睛，在我面前摆了十把车锁，问我，要什么工具？我说：一条铁丝，一包口香糖。我吃口香糖，五片一口嚼。破爷说：我给你三分钟时间，开不了锁，我就废了你，你连我的车都敢偷！

我冷笑了一声。我用嚼烂的口香糖和铁丝把十把锁都开完的时候，计时的人说：一分五十三秒。

破爷拉起我的手，仔细端详说：你这手是什么做的呀！手巧，心巧，匪夷所思！我给你一头鹰，你带他们去帮我偷车吧，我还会给你钱。破爷又对他们说，别看他看起来是个孩子，你们都听他的，他会成为你们的财神。时代交给我们一个天才，我破爷一定好好爱护。

我又冷笑了一声。如果他们知道我从十三岁开始，拆过多少把锁，在每把锁身上花了多少时间，他们就知道什么叫“匪夷所思”，什么叫“天才”。就这样，我创造了十二指街辉煌的赃车时代，开始是自行车，后来是摩托车，到胖子彭死的时候，我已经把注意力转向汽车。

我一直怀念我的中学时代，我多么想回到过去，如果在过去，我能拥有这么多车，我就不会再遭受嘲笑。然而过去的时光不能改写，我屈辱的一页无法抹去。

我无数次想给那个姓徐的老师一点颜色看看，每次想到他，我就恨得牙痒痒。然而我姐姐，凌彩霞，她看都不看我就说：你听着，凌国庆，你要敢动他，我就从这里跳下去！

说话时她在常乐足浴城的十二层，而且我知道她不是在开玩笑。这句话像一句咒语，让亲爱的徐老师得以安居乐业，他生了个白胖小子。我相信他早就忘了有一个扎羊角辫子的女生暗恋他，也不记得他曾对一个叫凌国庆的坏学生说过什么。

然而六年后，那个令人寂寞的午后，我亲爱的徐老师终于还是得到了报应。

这六年中，似乎世界都在膨胀，一切都在发胖。再次见到徐老师，他已经从一个帅哥，变成一个胖子。我必须感谢历史对我的恩赐，让我的报复计划得以实现——我遇到他时，我亲爱的徐胖子，刚从车店了买了一辆自行车，兴高采烈地骑出来，和他一起的还有一个同事老高。

我看到他兴高采烈地骑着他的新车，似乎时光就回到了十三岁那一年，我也是同样兴高采烈地骑着我心爱的凤凰单车。我的亲爱的姐姐面若桃花,一直笑着。那时她那么年轻,那么美。

徐老师终于在一间超市前面,把他心爱的新车给丢了。他无法相信,只需要一个转身的时间,他的新车就不翼而飞。他无法接受这个事实,于是他和他同事重新回到车店,又买了一辆自行车。老高说:老徐,别再去超市了。

然而我的老师,他以他不服输的精神,重新来到超市门口。他用他一贯专横的语气对老高说:这样吧,你进去帮我买两瓶酒,我就在这看着新车。我就是把新车子放这里,我就是让他来偷,我就是放个鱼饵,要把这王八羔子逮住。然而当老高从超市提着酒从超市里出来,他看到目瞪口呆的老徐站在那里不知所措。

是的,老徐的第二辆新车又丢了。两辆新车六百块钱,一个月的工资就去掉大半,他没有理由不激动起来。一阵茫然之后,我亲爱的老师开始情绪激动地破口大骂。这引起了一些人的围观,然后我的老师开始他所擅长的讲述,他把他丢车的整个心理过程描述出来,引发了围观者阵阵共鸣。我离开了人群,却不知道自己开启了一个冤冤相报的轮回。

丢车之后,同事老高出于同情,请他到馆子里吃了一顿。那个晚上,我亲爱的老师喝得有点上层次了。他对同事说:老高,你请我吃饭,我请你洗脚去。

于是他们俩醉醺醺地朝常乐足浴城走去。常乐足浴城正是凌彩霞所在的地方，于是我所知道的宿命正把它的作用发挥到极致。

五

这天晚上，徐老师完全不知道为自己服务的女孩，恰巧是八年前自己的学生凌彩霞。他兴致很高，和老高大谈有多少女学生暗恋他，并开始动手动脚，污言秽语。他曾经在学生面前刻意经营的形象，碎成一地的玻璃。凌彩霞对他说：别动手动脚，你如果想要，上面有房间，你找经理升级一下套餐。

一夜之间，我的姐姐凌彩霞，在看清徐老师身体与心灵的所有细节之后，似乎老了许多，我从她的眼神中看出了厌倦，一种彻底的厌倦。她抱着膝盖，缩在窗前，在抽完一包烟之后，用多年前对付父亲那种平静的语气对我说：你现在爱怎么着就怎么着吧。听她这么轻描淡写地一句话，我内心像哪里挨了一下，有点痛，甚至有点后悔。如果我不去动他的自行车，或许我的姐姐心中的信仰之柱会永存。人是注定要被一些东西骗一辈子的，幸福地活着就意味着不得不自欺欺人。

每个人心里都有一把钥匙，只要拿到它，你就能为所欲为。我把人手安排下去，计划周详，这个魔咒一样的游戏就正式开始。

一周以后，我亲爱的徐老师开始了他的噩梦。有人开始给他发信息，内容涉及老师嫖娼的细节和对师道尊严的失望……但现实的进入是缓慢的，一开始，我的老师以为是同事老高开的玩笑，不以为然，但慢慢地,他开始感到一丝不安。直到他私底下问老高:是你给我发的信息?老高说:最近没发信息给你。那你有没有收到类似的短信?老高说没有,恐惧才逐渐进入他的生活。这一天早上刚起床,他又收到信息:我现在就在你学校门口,你出来,否则后果很严重。老徐不敢怠慢,穿上拖鞋,匆匆跑到学校门口。可这时短信又来了:你迟到了,我已经在校长室门口了,你就等着校长找你谈话吧!这可真要命,他急忙掉头,往校长室跑。在转角处他感觉自己似乎碰翻了一个花盆,但没有回头。在校长室门口正巧遇到校长从里头出来:咦,老徐,怎么今天这么早,穿着拖鞋就来上班了?找我有事?他顿时吓得面色苍白、哆哆嗦嗦:没有……没有,我出来晨练。那是要的,每天锻炼一小时,健康工作五十年。校长像平常一样跟他笑着点了点头走过去,他这才将头靠在墙上长长舒了一口气。

第二天,徐老师办公桌上出现一封举报信,上面有一张纸条:本信一式十份,在不同时间寄给贵校不同的科室。于是从次日清晨开始,他每天早上一到校就去收发室查信,看到别人手里拿的信也忍不住要探头多看两眼,甚至连学生的信件,都开始敏感地盘问。

我亲爱的徐老师开始养成及时删信息的习惯,更不准自己的妻子碰他的诺基亚手机。每天时时刻刻把手机紧紧握在手里,连睡觉也压在枕头下面,可这并不能让他真正安心,面对这不分时间、地点的短信的狂轰滥炸,他精神恍惚,工作开始出错。我完全可以想象他垂头丧气走进教室的样子，一种报复的快感在我心中荡漾开来。

总这样下去也不是办法啊。徐老师忍无可忍，确认了厕所里没人，终于鼓起勇气给那个号码打去电话。接电话的人成竹在胸，用老师惩罚学生的语气让他写检讨书，要求必须写满五千字，手写，不能打印，要原创，不得到网上找资料，检讨得好就放过他，否则就去校长那揭露他的丑事。这样的惩罚并不幽默，他点灯熬夜花了两个晚上终于写好五千字的检讨，并按照要求送到指定地点。然而，事情仍然没有就此结束——“字写得很漂亮，但检讨不够深刻，重写，字数一万！”一条短信又把他打回原点，我的老师快疯掉了。折腾一个多月，我神采奕奕的老师变得面黄肌瘦，形容枯槁，他跪在地上老泪纵横，开始写他的万字检讨书：乡镇老师也是人，老师干得比驴还累，吃得比猪还糟；装得比总统还严肃，责任比总理还大；名声比汉奸还差，态度比孙子还好；言行比奴隶谦卑，挣钱比民工还少；生活比乞丐窝囊，生命比蚂蚁脆弱……

读完检讨书，我对着夜空想了很久。那天夜里，我让人把徐老师丢的两辆车，放到他的家门口。

六

我所知道的宿命就如多米诺骨牌一样，首尾呼应，你不知道它会从什么地方开始，又会在什么地方结束。命运转了个弯，又回到了我的姐姐凌彩霞身上。正当我读完徐老师用漂亮的钢笔字写成的检讨书，对自己的游戏感到索然寡味准备收手之时，我的姐姐凌彩霞，把我叫到足浴城的十二层，她依然坐在那张对着窗的躺椅上，她用一直懒洋洋的口气说：我肚子里有了孩子，姓徐。

我一听，头脑嗡了一声。我需要烟，接连抽了三根。

打掉他。

在这时，一向冷冰冰的凌彩霞，却突然哭了起来，不停地啜泣。我从小最怕我母亲哭泣，每次我的母亲哭，不知道为什么，我也会跟着哭。现在，面对着哭泣的姐姐，我感到心烦意乱。我走了出来，给两只鹰犬打了电话，告诉他们：游戏继续。

第二天一个便衣警察出现在办公室，我的老师正在备课，便衣故意压低嗓门说：我是刑警队的，来办案子。听来人这么一说，老徐顿时冒起冷汗，他预感到自己被出卖了，马上将“刑警”请到外面说话。你是徐老师对吧，你出事了，足浴城那个小妞现在已经被抓了，很快就会把你的事抖出来，但听说你在校工作挺好的，要不你拿八千块钱，我给你办一办吧。老徐几乎要瘫软了，此时他只顾害怕自己嫖娼的事情败露，只想尽快用钱把这件丑事摆平，可怜的老徐毫不犹豫地从银行取出钱交给了他。

交了钱，老徐似乎得到了解脱，此后几天他的生活又恢复到从前。然而，好景不长，便衣又一次在办公室找到他：只要那个小姐在里面，你的事就平不了,她老咬住你不放,你得先拿钱把她保出来才行。还有,她有性病,你再拿点看病钱,一共一万块。听了这话,老徐又傻了,这么短的时间他怎么筹一万块钱啊?经过商量,便衣对他的处境表示理解,答应三天后来取钱。而好不容易凑足钱交了,徐老师竟又开始觉得自己下身不适,难不成被传染了性病?这样的猜测又将他推向了更加痛苦的深渊。他瞒着妻子服用消炎药,担心没效果又去买祖传秘方,后来还到街头小广告上宣传的小诊所去就医,小诊所就像黑店,见有肥肉哪肯放过,没病也整成有病,把他当成定期的提款机,折腾一个多月,花了三四千块,我神采奕奕的老师再次变得面黄肌瘦,形容枯槁。

我将一万八千块钱放在足浴城十二层,我的姐姐凌彩霞的床头。发信息给她,告诉这是徐混蛋的钱,要她去把孩子拿掉。

第二天,凌彩霞给我回了信息,说钱已经全部捐给希望工程。孩子将会在几个月后出生,现在先给他积点德。又来一条信息,凌彩霞说:我本就是一个风尘女子,无所谓沦落,你也不用管我。我偷偷去医院照了B超,是个男孩。

我憋住没有哭,想起多年前破爷对我说的话:该是天堂,该是地狱,都是自己给自己的。我不知道我这个亲姐姐,她到底想走向哪里。

不该来的没有来,该去的却已经去了——我的酒鬼父亲凌天财在那天夜里死掉了。那天夜里,他又喝醉了,刚站起身回家,没站稳,栽了个跟斗,在一个青石上碰了一下,磕掉了两颗门牙,但他浑然不觉,踉踉撞撞走回家,在镜子前面一站,才发现少了两颗门牙,于是他又出门去了,来到他喝酒的地方,那个炒田螺十分出名的地摊。他在地上一堆田螺壳里终于找出他的门牙,把它们安上,安在牙龈里,然后就倒地不起。炒田螺的对我说:昨晚你爹喝多了,老说起你娘年轻时候的样子,他说你娘在家里等他,他要回家去……没有,没有人惹他,凌国庆的爹,谁敢惹他呀……昨晚我就觉得邪门了,平时他喝酒都没有那么多话的,昨晚一直在说,还说起彩霞,要彩霞原谅他……还说要给你再买一辆凤凰单车……

七

出葬那天,碧河镇竟然下了雨,别人都说是好兆头,也有说凌天财以前也积了些德,老天也该为他下点雨。姐姐彩霞没有来参加葬礼,我不知道是因为身子不方便,还是因为仇恨。我在葬礼上哭了,哭得惊天动地,我只是把多日憋在心里的不快全部宣泄出来,但别人还是夸我是个孝子。

我把父亲磕掉的那两个门牙留了下来,装在一个小木盒里面。我也不知道为什么要这样做,我甚至感到了某些歉疚。我母亲在的时候,我父亲是一个好丈夫。他勤劳地在火炉边工作着,把铁器敲得叮当响。那个年代碧河镇的人们喜欢我父亲店里的锄头、铁犁、镰刀,比外面购买的所有铁器都更为精湛。我父亲可以造任何兵刃，只是不能造锁。那阵子，老凌的菜刀在十二指街是响当当的。破爷曾说，他也在我爹的小店里成批地买过刀。

那时他偶尔也爱喝两口，但从来不误事。我娘说，她生下我那阵子，我爹甚至连烟都戒了，说是二手烟对孩子的身体不好。他甚至还接济过穷人。小时候，我坐在他强壮的肩膀上，在闹市中穿行。在闹市的角落里的垃圾堆旁有一个疯子，名字叫什么生，或者什么森，该疯子在垃圾堆旁边泡茶喝，每天都坐在那里从事他的不朽事业——用一只斗笠接收外星人发来的信号。我的父亲总会带着我，在垃圾堆边上停下来，与疯子聊一聊外星人，再给他买一点吃的。看着他吃下去，这才离开。他身上那么臭，你还跟他聊那么久。你不懂，不聊那么久，你给他东西，他还不会吃呢。他走在街上，我问他，人家和你打招呼，你怎么不理人家。他指了指自己的嘴巴，走到了一个臭水沟旁边，呸的一声吐出一口浓痰，然后说：不能随地吐痰，含着它，我就无法打招呼，也不能笑。

我的父亲心思缜密，和他下象棋，我从来都是输的。也就是他，教会我“死棋勿救”的人生哲理。而我的父亲自己在处理母亲的死这件事上，却没有那么干脆。他有时会发神经地交代我，晚饭要多下一点米，你娘就要从造纸厂下班回来了。那些日子，我和姐姐彩霞总会被我的父亲不经意的几句话吓得毛骨悚然，噩梦连连。一直到我的父亲爱上了酒，他才不再提起我娘——然而那只是另一个噩梦的开始。

这个铁匠开始不刮胡子，学会像一个痞子一样走在路上。因为酒，他开始抽打彩霞；也因为酒，他变得容易开心。彩霞出来工作了，他很开心；我也出来了，虽然我们姐弟俩说到底都不是什么好东西，一个偷一个卖，但他从来不问我们做什么工作，仿佛无论我们做什么，他都很高兴。他很少伸手向我们要钱，似乎知道自己在我们身上付出不多。但只要彩霞给他带去一点钱、一些酒，或一只下酒的烧鹅，他就会格外开心。

但他毕竟也有伸手要钱的时候。胖子彭死后，我醉酒的父亲开始频繁出入胖子彭的家。当人们看到胖子彭风韵犹存的老婆保养得那么好时，就完全知道我父亲在干些什么。我知道一个丧妻的男人和一个寡妇的共同需要，我给了他钱，但我告诉他，这不好。他不听。他的这种生活大约持续了半年，他又开始发神经地说，我娘在家里等他，他不能乱跑。于是他一改自己的风格，不再通宵喝酒，而是不断地问别人：几点了？他总能在半夜十二点之前踩着星星回到家里，只有死的那一夜例外。回去太迟，我老婆会哭的。他经常对周围的人说。

当然，不可否认父亲的死，让我的记忆像个筛子一样，开始筛选好的，去掉坏的。比如说他的偷窃。他偷了东西被发现，可以从三楼的窗口跳下来，这种情况发生过三四次，但他从来都安然无恙。所以我不得不承认，在盗窃这件事上，确实存在遗传的因素。

八

我记得出狱那天，破爷派人给我接风。“才三个月，我还蹲过一年。”“才一年，狗头大哥在里面蹲了三年，出来还不是生龙活虎。”兄弟们你一言我一语，和平时一样吵吵闹闹。

但那天晚上，我对破爷说：我想收手。但破爷脸色一沉，但即刻又笑道：你太累了，多休息几天，这件事我们私底下慢慢再说。

一个月后，我找了一个单独的机会，我又一次对破爷说：我想收手，黑白两道我都不惹，我想去开一个汽车修理店。

去开个汽修店，这个可以。要多少成本，我来弄，需要师傅，我来请。但你退了，整个东州这几百号兄弟，以后跟谁呀？

狗头大哥现在开锁拆锁也不差，他可以领班……

你以为真的就可以黑道白道都不惹了，说清白就清白吗？在我破爷这里，只存在三种人，要不就是朋友，要不就是敌人，要不呢，就是永远不会泄密的死人。话说到这个分上，我想你也知道我的意思了。

……

我还想说什么，但被他翻起来的一根指头截住了。他说：我听说你认识了一个女朋友，叫卡儿，在大学里读计算机专业，大学三年级的女生，真不错。她几乎每个周末回家都会走过中山公园，那儿非常阴暗潮湿，如果说在那儿染上感冒什么的，那没有人会怀疑的哦，还是让她注意健康。从小就认识,青梅竹马,这种爱情现在可是找不到了啊!”

我不敢再说什么了。无欲则刚,有爱则惧。现在我有爱,所以就有忌惮,有担忧,也就有许多弱点。虽然我不知道破爷所说的中山公园是什么意思,但很明显,他在用卡儿的安危威胁我。

这个和蔼的老头,在这一刻变成一个魔鬼。或者他一直都是魔鬼,一直都对我念着咒语,只是我并无留意。他又重复了那句话:该是天堂,该是地狱,都是自己给自己的。

破爷抚着我的肩膀:做这行有什么不好?不愁吃不愁穿,也不用淋雨、晒太阳,年轻人,你没吃过苦,你可以永远不用吃苦,只要你好好跟着我。

虽然在里面只有三个月,出来了我依然还是一条好汉,没有一扇门能够难得倒我。对我而言,这个世界是没有门的,是通透的,我可以进入任何一个我想进入的空间。这一次入狱虽然不能说完全翻船,然而,我知道终有一天,我会和破爷一起在铁窗中度过余生。我确实不想再有人走过来问我:你要五还是要八?

所以接下来的一年,我似乎把这件事给忘掉,我安于盗窃,培植新秀,我只是在等待。因为卡儿马上就要毕业了,她一毕业,我就带着她远走高飞,离开东州,离开碧河镇,离开这个鬼地方。刚好在这骨节眼上,我的父亲死了,说实话,我如释重负。然而,彩霞却给我带来了一个未出世的外甥。

办完我父亲的丧事，我去足浴城找凌彩霞，那里的人告诉我，彩霞已经离开，不知去向。她大概是想避开我，避开所有人，找一个地方把孩子偷偷生下来。这个世上我唯一有血缘关系的亲人，竟在她最需要帮助的时候离我而去。我心里暗暗发誓，好啊凌彩霞，从今往后无论你遇到什么样的事情，生老病死，我都不会再见你。

九

在火车上，卡儿笑着问我，我们这样算不算私奔？

你觉得算，那就算吧。

喂，凌国庆，听你的口气，好像和我私奔，你还亏了一样。我就想不通，为什么要和你私奔？

一把锁配一把钥匙，不和我私奔，你还能和谁私奔。听了这话，卡儿才满意地笑了。但她又问：那为什么我们这把有钥匙的锁，非得从一个地方迁徙到另外一个地方呢？

因为十二指街太潮湿，我们怕生锈了。我可不想让我们将来的孩子有一个生锈的父亲。卡儿又甜蜜地笑了，长长的睫毛格外好看。

然而，我的甜蜜生活还不到半年，就接到电话。打电话的人是狗头大哥，一位性情憨厚的盗窃老手，在我的指导下，他已经能够破解至少三种汽车的电子锁。他在电话里温和地说：破爷让我转告你，你度假已经五个月了,你姐姐的孩子也出生了,要你回来给他取个名字。

我姐姐?

是啊,破爷在你家卡儿没有毕业之前,就暗地里把彩霞从足浴城接到东湖山庄,后来发现你姐姐已经有了身孕,就更不敢怠慢,一直给她最好的照料。破爷说,为了不影响你度假,他才没有告诉你。

你放屁!我咔地挂了电话。这个老奸巨猾的家伙,原来早就把凌彩霞软禁起来。我为自己竟然没有担忧姐姐的安危而悔恨,我竟然会认为她的消失只是远走高飞。

我对卡儿说:我想一个人回十二指街,去把彩霞救出来。然而卡儿坚决反对,她说:你说一把锁离开了钥匙,那还有什么意义,如果你一定要回去,那我们就一起回去。

你知道回去意味着什么吗?

或者是生锈,或者是死,怕什么!

别忘了你肚子里也有了孩子。

没有了爹,这孩子活下来也是不完整的!这时候的卡儿固执得像头牛。我想起了自己没有母亲的少年时代,想起酗酒的凌天财,不禁热泪盈眶。更重要的是,这个世界上已经没有安全的地方了,将卡儿一个人留在远方,是更不理智的方案。

坐上了回来的火车,卡儿睡不着,她说:你讲个故事给我听吧。

我最怕女人要我讲故事,因为我确实讲不好,我缺乏编故事的能力，更缺乏将它讲出来的能力。我说讲故事我讲不了，我和你讲一讲监狱里的事吧，量你这一辈子估计也没机会进去见识见识。她骂了声讨厌，就要我讲。于是我和她讲了监狱里的饮食，讲几颗黑豆、一碗稀饭。我说我们吃的是白菜粥，她说：哇！这么好，素食比较健康，白菜粥挺甜的，我都想喝。我淡淡一笑，说：这白菜粥里头，还漂着一些纸屑。

怎么会有纸屑？

我们用什么擦屁股？我反问。

纸巾咯。难道有人恶作剧，把擦屁股的纸丢进粥里？我不信。

不是的，监狱里用厕所的大粪来给白菜作肥料，所以白菜粥里就有纸屑。

卡儿一听，一阵干呕：我就知道狗嘴吐不出象牙，叫你讲故事，谁让你这么恶心。

安静了一会儿，卡儿又问：这次回去，你准备怎么办？到公安局自首，还是像电影里那样手持 AK47 去破爷的东湖山庄进行大扫荡，还是……跪在破爷面前大哭大闹磕头求饶？

我望着窗外无时无刻不在改变的景色，叹了一口气：每个人都是一把锁，要打开，就得找到钥匙。

然而卡儿对此将信将疑，她说：现在科学发达，一个手指，一个眼神都可以是一把钥匙，你真的能拿到破爷的钥匙吗？

十

破爷的钥匙在他的老母亲身上。在深夜，我们来到十二指街，敲开了胖子彭家的门，寡妇半夜被吵醒，脾气很暴躁，但一看是我，吓了一跳，很快就变得温顺。一个寡妇缺的是钱，所以她一切都照办了。她很快将老太太邀请到她家里来，老太太知道事情的原委，她说她认识凌彩霞。第二天，我打电话给破爷，告诉他，我已经把他乡下的老母亲接到碧河镇十二指街住下。我这次到了湘西，刚好碰上一个神医，他传了一道方子，刚好可以医治老太太的脚疾，由于时间紧迫，我也没来得及通知您。老太太行动不便，现在卡儿和她寸步不离，还是请破爷移步来谈谈吧。

破爷匆匆赶来，老太太臭骂了他一顿。破爷低头不敢说话，只求息怒。安抚了老太太的情绪，大家围坐吃饭。饭后，我和破爷在寡妇的卧室里，静静地谈了一个下午。由于我们的约定，谈话的内容将成为永远的秘密。薄暮时分，门开了，我们从卧室里走了出来。我把破爷送到门口，我告诉他，彩霞的儿子将叫无锈，就像不锈钢，永远都不生锈。很快，他也就将彩霞母子放了出来。

然而，没有人相信破爷的手下早已经安插了警方的线人。一个多月后，警方侦破了破爷的案子。破爷在东湖山庄里自杀了。自杀之前，他仍然坚信是我报案，而命运的巧合正是我解释不清楚的地方。

那时我以为这辈子可以不用再离开碧河镇。直到现在,在铁窗之下,我再也没有机会向死去的破爷解释什么,谁也不相信我真的是一个信守诺言的坏人,倒把我当成道德败坏而今改邪归正的觉悟者。

破爷漏网的爪牙终于对我加以报复。他们埋伏在中山公园,我的妻子卡儿挺着肚子走过时,被他们扎了一针。事后卡儿来看守所看我,她说,医院的检验结果还没出来,不过那天她看清楚了,针管里是红色的血。她看过报道,不少人被这针扎过以后,都得了艾滋病。但她要我不用担心,她已经吃了阻断的药,也许他们只是吓唬一下我们:再说,我查过资料,胎儿经由母子垂直感染到艾滋病的概率只有三分之一,无论如何,我还是要把孩了生下来,即使他没有妈妈,至少还有爸爸。我想起了自己没有母亲的少年时代和酗酒的父亲,似乎已经听到床底下的母猪又嗷嗷直叫,回忆使我热泪盈眶,而我确信这又是宿命的一个轮回。

心灵手术刀

一

你是在这样一个早晨醒来的,口有点干,喉咙有点痛。你眨了一下眼睛,终于想起昨晚喝了酒。和谁?那人是谁?那个光头的男人,你忘记了,记不清他的脸。突然心中一凉,是的,你的手机昨晚丢了。

你开始并不想喝酒,你还没有和一个男人一起出去喝过酒。陌生男人。陌生男人是你在一个网吧认识的。光头。男人左手握着一瓶啤酒,玻璃瓶,绿色,老青岛,右手中指和无名指夹着一根烟,食指放在鼠标上,他不时将手里的烟放到嘴里去,用牙齿咬了一下,还皱了一下眉头,才缓缓吐出一股烟雾,长嘘了一声。

开始你有点讨厌他的烟味呛人,但是你还是忍不住看了看他,国字脸,五官端正,如果在电视上,这样的脸绝对是个官,不是官也是个总经理、董事长什么的。网吧里光线很暗,你看不清他是否有暗疮,皮肤怎么样,即使他就坐在你的对面。但有一点可以肯定:这个男人长得很雄伟,眉宇之间有一种豪气。这时,他似乎觉察到你在看他,斜看了你一眼,但又把视线转移到他的屏幕上。即使这样,你也觉得不好再盯着人家看了,毕竟是一个陌生男人。你的手机响了,接了一个电话,这刚好给了你转移注意力的机会,你又回了一条信息,就把手机放在电脑桌上。

这时他突然站起来,从你身边走过,接着你听到厕所冲水的声音,你假装看不到也听不到。然而你清楚地知道他向你走近,然后他在你身后停住了。他在你耳边问,你的QQ号码是多少?

你紧紧地闭上嘴。他停了一会儿,就走了。一切的反应完全正常,至少在记忆中是正常的。早上,在床上,重温这些情节,你居然还感到一丝紧张。

二

我是在这个场景中出场的,同样是在那个网吧,碧河边最热闹的街区,醉香网吧,很俗气的名字。我身上只剩下最后的十块钱了,但我必须回去,凌晨一点的火车,如果弄不到票,上不了火车,即意味着我必须在这座城市过夜。那么我有两个地方可以选择,一个是桥洞,一个就是继续待在网吧里,直到把我这最后十块钱也消费在网吧里。不要问我明天没钱怎么回去,我现在考虑的只是,在火车里过夜应该比这两个地方更舒服一些。

这时我看到你，长得挺朴素的一个女孩子，不漂亮，但也不丑。我看到你打完电话，看到你把手机放在桌子上，于是一个罪恶的想法在我头脑中产生。

我看到你在看那个男人，显得很小心，我似乎都明白了。但我并不关心故事——这类故事在网吧里频频发生。你像所有人一样生活着，像所有人一样喜欢帅哥（我不是帅哥，不然你不会不理我）——我只关心我的车票和住宿问题，并关心我必须在你和那个男人发生联系之前动手。

于是我走近你，走到你的身后，我将我仅剩的十块钱，丢在你的脚下，我一身的学生装束，你不会怀疑我的险恶。于是我悄声地告诉你，你刚才掏钱时有十块钱掉了，在脚下。你看了我一眼，就俯下身去捡钱。钱的距离刚刚好，你显得有点吃力，动作很慢。但这时我已经离开了，我将你的手机关机。

我拉起衣服的拉链，竖起领子，将手放在衣袋里，右手紧紧握着你的手机。我哼着曲子，夜风将我面前的热气带走，凉飕飕的。我一扭身，就进一条小巷，又一转弯，我相信已经摆脱了危险，于是放慢了脚步。

我是一个贼，是的，我在心里是这样想的。但这又有什么所谓呢？也许这个世界是一只金鱼缸，我们只是被设定在里面左右游动的金鱼。这是一场宇宙之舞，我只是被设定了必须来偷一部破手机。

一切都规定好了，我们需要做的，就是完成这个动作。

三

你是在五分钟之后才发现手机不见了。很明显，你很着急，站了起来，环视四周。但接着，你马上知道那张钞票，十块钱，钱的背面印着三峡的夔门。你坐了下来，直喘气，你明白你已经永远失去你的手机了。如果在平时，你应该追出去，左右查找有没有可疑的人。但现在，你不想动。你又站起来，掏出那张十块钱，想将它撕了，撕得粉碎。但在一瞬间，你发现这是一张钞票，货真价实，它显得那么无辜。你深深地吸了一口气，一部手机才换十块钱，如果钱都撕了，那不是白给了？你将钱重新叠好，放进口袋。你假装若无其事，其实网吧里每个人都在忙碌，并没有人看到你。

你感到胸闷，是的，每个人在丢了东西之后，都会这样，因为无法饶恕自己。你开始漫无目的地找人聊天。但显然，网上热衷于聊天的男人都是色鬼，交谈不超过三句就要求视频，没有视频就要求看照片。你下载了一张日本性感女郎的照片，发了出去，于是应者如云。短暂的忙碌让你脸上绽放一种嘲弄的笑容，但这并无法消除你的胸闷。

这大概就是抑郁症吧？许多人都死于抑郁症。你在百度搜索抑郁症，这只是郁闷。这时，你对面的那个男人再次站了起来，你留意到他手里的酒瓶已经空了,被放在一边。喝酒的人就是尿多。你照例听到冲厕所的水声。他又来到你背后,一股啤酒的气息。他又俯下身来,在你耳边说:平安夜,出去陪我喝两杯?

他停在那里,似乎在等待。你也停住了。突然说:好!你对自己的回答感到惊讶。但已经说出口了。说了出来你反而感到分外舒服,一切都释然。

于是你裹上大衣出去了。这是南方的初冬,碧河如常流淌,一切似乎都还没有真正到来。但南方的夜,空气中的水分,仿佛冰雪之芒悄然入侵。

四

我买到了火车票,坐在候车厅,这一切得益于你那部手机。我穿过几条大街,走进一家二手手机店。店主是个像猴子一样的小伙子,一个劲儿地压价。他说:这个手机超过四百块买下来,就一定亏了。卖出去我才卖个五百来块吧!还得对它进行梳妆打扮,不然哪儿嫁得出去?这都要成本。他言之凿凿。

五百多少?

五百五十吧,卖出去的话,所以我其实就赚你几十块钱,铺租、电费,我也不跟你拐弯抹角了,大哥,现在的生意难做。

好,那你把手机给我留着,一个星期后,我让人来取。五百五十。

我们签个字条。我四百块卖给你，一周后五百五十买回来，你也别去改装它，就让它待着。我将手机里的卡拆了出来收好，将手机交给他。

那只猴子惊奇地看着我：今晚是平安夜，你手头这么紧？

我明确地告诉他：我不是嗑药的，我是大学生，今年大四，在准备北大的研究生考试。那猴子笑了一下。显然，他不信，谁会信这种鬼话？换作我，我也不信。

五

你和他走在街上，光头男人的光头并不完全光滑，似乎还有一点头发，这让你想起某个动作电影明星帅气的脸。是的，是这种脸型，你似乎闻到一股香味，但分不清是路边的玉兰花，还是他身上散发的味道。

你和他走在街上，你低着头，你大概猜到，他正努力地寻找话题。这大概不是一个健谈的人，和他的外表相反，他在此时显得并不老练。你心里稍稍放松了一点。

沉默持续了一段时间以后，谁都不愿意挑开话题，于是沿着大街，走了很久。你终于忍不住说：不会打算让我在大街上走一夜吧？

一个手机被偷的女人跟着一个男人，能走到哪里去呢？但他似乎漫不经心地说：不急，就在前面。

他的语调让你完全否定你刚才对他的猜测，你渐渐感觉他似乎胸有成竹。于是你笑着说:你打算把我拐到非洲,还是南美?

面对一个勇于冒险的女人,这个光头男人说:现在只要把你卖到十公里外,你就跑不掉了,你连手机都没有了。男人的语调令人感到他是在讲一个童话故事。

你怎么知道我没有手机?

那个学生模样的人把它拿走了,我看见的。

看见你怎么不阻止?你停住了脚步。男人继续往前走。

阻止了你就不会跟着我出来,而可能我们都要在警察局蹲着录口供。敢冒险来偷你那样的手机的,就两种人:一种是嗑药的,走投无路;一种是你老公派来的探子,突击检查手机,他想知道你在外面有没有外遇。

我离婚了。

抱歉,我说错话了。

没事。现在离婚也不是什么坏事。

六

这一夜,这一列火车并没有不同的含义,它缓缓地离开东州,离开这个令我伤心的城市。我是带着温柔的期待来到这里的。平安夜,为了这一夜,我傻傻地冒着丢学位的危险——但这一切无所谓值得不值得吧。

平安夜,是她的生日。我并没有什么目的,我只想到东州陪陪她,这是大学最后一个平安夜,也是她最后一个生日。我是这样想的:如果我来了,可能必须付出很多,甚至是丢脸;但如果不来,那这将是这一生的遗憾。

于是我来了。为了这次见面,我在一个月前就动手准备了。平安夜美好的生日,我必须准备一份礼物。送什么好呢?她喜欢什么呢?一天在超市看到一张宣传单,最新款式的 MP4(一种音乐播放器,你们现在都不知道是什么了吧),好漂亮,就送它吧,我想。但一看价钱,七百块钱。我没钱,我在准备北大的研究生考试,我没有空余的时间去做家教,去赚钱。

如何弄到七百块钱呢?我必须亲手去赚。我想到百里以外的她,是的,这是圆梦之旅。

我到市区去,找了几家兼职,但慢慢地,我觉得不行——如果做兼职,赚七百块钱应该是没有问题的,但这势必占用我许多时间,我的北大梦也就落花流水了。

正当我心灰意冷的时候,一个老乡师弟找到我,他问我:愿不愿意帮人家当枪手,替考英语四级?我犹豫了一下。他又强调说:你应该没问题,你和他照片挺像的,按你的水平,考个八九十分是没有问题的,可以拿到一千块,值!

没有别的出路了,好吧,我点了点头。我听到头顶的树叶也都哗啦啦地点头。

拿到钱，我就可以去买那个 MP4。女孩子都爱炫耀，我开始想象她脖子上挂着我送的礼物，穿行在她的大学里，所有人的目光开始集中在她的胸口的礼物上，她面若桃花，简单地笑着，简单地快乐着。

七

你跟着他穿过一条小巷，你们的话题也由此拉开。他咳嗽了两声，讲了一个笑话：一个人讨不到老婆，他爸只能给他介绍一个，并说那个女人胸部还可以。儿子问有多大，老爸回答他有桃子那么大，于是决定娶了。洞房第二天一大早，儿子就咆哮着找他爸算账：核桃也能算桃吗？

你听了敷衍着哈哈地笑了。你分明留意到他的眼光停留在你的胸部。

接着他又讲起了两起凶杀案，都是灭门的命案。他讲起来了如指掌，还对细节加以描绘。你佯装若无其事，微笑着，并说：真恐怖，全家都死了，是谁这么狠啊？

杀几个人有什么好大惊小怪的？战场上死的人那才叫多。

但那是用枪，现在是用刀把人家全家老人小孩的喉咙都割断……

市场上卖猪肉的，他还不是整天拿刀割肉？一样的道理。

你打了个寒战，沉默了，隐约觉得今晚出来是个错误。

终于在一个炒田螺的小摊前面停了下来，他说请你喝粥，并喝酒。

这里的田螺炒得最香，整个东州就这儿最香。他哈哈地说，兴致很高。

田螺果然不错，白粥也香。没有预想中的咖啡和香水，只有嘈杂的人群，三教九流，你发现在这样的地方，自己反而安静下来。

你胆子真大，男人说，还真跟着我出来。男人一直注视着你。你低着头，喝了几口啤酒。

你似乎决定灌醉自己，男人说。

你答：除了我自己，还有谁能灌得醉我？

男人笑了，帮你倒酒。他笑得很迷人，于是你看了他一眼。男人说：你想放弃自己，难怪会跟着我出来。女人啊，总是遇到一点小事就郁闷半天，其实敞开了，也没什么大不了。他显然对你能跟着出来，非常得意。于是你又想，这个男人也有憨厚的一面。

喝了很多酒，但你似乎还很清醒。但突然你的泪珠吧嗒吧嗒地掉了下来。男人吓了一跳，递给你纸巾，你说：没事。你抬眼看了一下周围，确认没有人注意到你的失态。

八

那个人付了一千块，但我只拿了他七百块。我告诉他，绝对在八十分以上，还说，险些被监考的发现，幸好我反应快。那个人感恩戴德地走了，从他的背影可以看出，他简直不想再见到我。如果将我忘掉，那么那张英语四级证书就是他自己考的了；我也得忘记我是一个枪手，如果我多要了那三百块，也许我就得永远记得这件事。

我开始构想这个平安夜，我和她应该如何过，我应该带她到什么地方。东州市区我只去过一两次，不熟，于是我开始联系那边的同学和朋友。男人做事，应该全力以赴，一往情深。

在寒风里，我哆哆嗦嗦地把 MP4 买到手。果然是最新款的，很漂亮。但我不敢去碰它，我必须保证礼物是全新的。我想起了第一次跟她相遇，高中的校园里，那棵没有开花的凤凰树下，她是那个抱着书低头走路的女孩。一切都那么温柔，那也是晚上，夏天的风刚好吹过，她黄色的裙子就刻进了我的记忆。在记忆里，一切都是新的，只有活在现实里的人，才会慢慢地老去。第二次见面是在医院的隔离房，因为“非典”，我们被关了起来，周围都是白色的，白色的床和墙壁，白色的灯和口罩，连一次性餐具都是白色的。我们隔着玻璃用眼神互相鼓励，度过了那漫长的三个星期。后来我们出来了，虚惊一场。但她的弟弟没有出来，成为名单上的一个名字。

“非典”过后，一切好像又重新回来了，到处都是诡异的中药味和浓烈刺鼻的消毒水气味。唯一的改变是，她已经成为一个沉默的女孩。

我常常想，那个时候我如果能多往前走近一步，也许她就会在我的怀里软弱地哭泣,从而打开自己。但我知道这一切不能假设,一些东西注定一辈子都不属于你的。当然,许多人,许多事,需要等待,也需要勇气,但更需要等待的勇气。但我已经等待太久了,我知道一些事情是无法改变的。

所以我只想在大学时代最后一个平安夜,到她所在的城市陪着她。为此我可以冒险,但我不能让她知道。

捡贝壳的人总是不知道手中贝壳的价值,无法知道哪一个贝壳才是一生中捡到的最漂亮的贝壳,这是人类永恒的悲哀。这种悲哀叫作错过。错过最爱你的人,错过随时可能发生的幸福,仅仅因为固执。

但难道爱一个人,不就是仅仅因为固执吗?

当然,岁月总会告诉你另外一个答案:那仅仅是固执,而不是爱。

九

桌子上全是田螺壳,桌子下面是空酒瓶。他说:不能再喝了,再喝我的钱就不够了。

你没有接他的话,而是深深地打了一个嗝。你知道打嗝的时候自己很难看,但还是不由自主地打了。你开始告诉他,你喜欢一款很老土的游戏,叫《五彩连珠》,属于悲观者的游戏。你说:你再给我倒一杯酒,我就再也不怕你了。

你真的不怕我?他挺起胸膛问。

不怕,人有什么可怕的？看不见的东西才可怕。

你可知道我是谁?

你再买十瓶酒,我就知道你是谁。你含混不清地说。

好！他大喝一声,再给老子来十瓶酒！然后他让你把脸凑过来,压低声音对你说:我已经没有钱了,一会跟着我跑就行了。

你高兴地点了点头,傻笑着说:好啊好啊。

于是酒来了,接着喝。你身体开始热起来,摊子上的人越来越少,但你不怕这夜风,伸手一撩耳边的头发,露出耳朵,也露出耳环。

他又一次伸长了脖子,把脸凑过来,压低声音说:没钱了,一会跟着我跑就行了。

你只能把他伸长脖子这个动作,理解为他想看清楚你的耳朵长得有多漂亮。于是你哈哈大笑,夸张地笑,炫耀地笑,然后严肃地说了一声:好!

但他突然问了一句:你刚才为什么哭?

你说:我想起几年前,我被关起来,关在医院里,一切都是白色的。

他说:白色是最干净的颜色,据说人死了之后,一切就是白色的。

你说:你这个假和尚!

十

是的,我啥都不懂。也许这根本就不是爱情,也许只是对一种得不到的东西的不服气,也许仅仅是为了完成一个心愿。

但一些东西注定是永远都得不到的。人,要相信科学,也要相信宿命。

一个人有爱的欲望,还必须有爱的能力。我现在这么穷——其实穷无所谓,让我不可忍受的是贫穷所带来的自卑。

我自卑地揣着礼物——那个我冒着丢学位的危险换来的 MP4,上了开往东州的火车。我不知道这座城市对我而言意味着什么。上火车的时候,我朝铁轨吐了一口痰,浓痰,但它落地时并没有我想象中那样发出啪的一声巨响,而是无声无息。

我给她打电话,我开口第一句话告诉她:我看到很漂亮的夕阳。

她说:你是谁。

你听不出我是谁了?我尽量表现出以往的语调。

哦,听出来了,是你。

生日快乐!

谢谢!

我想……我想,这个平安夜和你一起过。

……

我慌忙接着说:没有别的意思,你不用紧张,我只是想陪你过大学时代最后一个平安夜。都快毕业了,我真的没有别的意思。

呵呵,我知道,但我想不用了。

我已经在火车上了。

我今晚想看电视。

那我陪你一起看。

不用了……算了,过来再说吧。

火车窗外,一群鸟迎着下午四点多钟的太阳,越飞越高,听不到它们的叫声,但我认定它们一定都在叫。四周这么静,它们一定很吵。

十一

并没有一个人知道你和他一起逃离了现场,只听见炒田螺的声音和喝酒的吵闹声都渐渐远了,但你还是跟着他跑,他甚至像飞起来一样。有一只鞋掉了,但顾不了那么多了,你一直往前跑,还一直疯笑,脚踏上了街上的一汪水,冷入骨髓,但还是跑,跑,跑。

喘气。你听到他在喘气,他也听到你在喘气。他一直看着你,那张脸,你喜欢的国字脸,很帅。

他突然冲过来,把你抱了起来。你大声地喊,放我下来。其实,你希望他永远抱下去。

夜晚的街,这么寂静,在这座叫东州的小城里,一个高大的男人抱着一个大喊大叫的女人,但人们似乎都睡了,整座城市都睡了,只有路灯还醒着,还睁大眼睛看着。偶尔一辆汽车从身边开过,路边的树叶才会被照亮。

你不知道自己是如何进入那个房间的。你耳边只有喘气的声音。从窗口望出去,你知道自己在高楼之上。

门被关上了。他压了上来,像一头老虎一样扑上来,似乎很快就能把你啃下去。

突然清醒。你推开了,你愤怒地推开了,你大吼:不行!

然后他一愣。

你说:真的不行,我是为你好,真的不能和你那个。

你看到一张扭曲变形的脸:为什么每个女人都说不行?为什么每个女人都必须用拳头才能屈服!

你反而被吓到了:你想干什么?

他一字一句地念:昆鸟秋来化作鹏,直游快乐任飞腾。翱翔万里云霄去,余外野禽总不能。施主,这是上上签!

你两眼开始发直:原来,你就是寺里那个和尚!

什么和尚,我是武僧,从那天看到你在求签,我就知道你有一天总会落到我的手上。你不要用这样的眼神看着我,你猜到了?没错,案子是我做的,但没有人会怀疑那些案子,都是和尚做的!没有人知道,所以凶手就是别人,不是我!

我只是看着你,没有在猜,并不知道你杀人的事情,我……

但你现在知道了!

他挥出一拳。从来,你都没有挨过这样的拳头,你不相信自己会被一拳打中,但你已经晕过去了。

十二

她终于出现在我面前,她那张俏丽的脸,眉梢的黑痣,单酒窝,终于和记忆中那张脸重叠在一起。我仿佛又回到医院,白色的墙壁,玻璃那边的一双眼睛,呆呆望着我。

坐了很久的火车吧?她问。(其实都是套话,四点钟上的车,现在是晚上八点多,不是很明显四个多小时吗?还用问?)但我只能回答:不久,路上的景色挺好看的。(都是石头和草,有什么好看的?而且买不到座位,只能站着,一直站了四个多小时。)

她说:我叫卡儿也出来一起吃饭吧?

好啊。我不知道卡儿是谁,大约记得是一个高中同学,但已经记不住名字。于是等卡儿出现,看到了面孔,很熟悉,但依然叫不出名字,但叫不出名字不妨碍聊天。

她跟卡儿一直在聊最近热播的一部电视剧,一场关于爱情和家庭的纠葛。我现在只知道考研的英语单词,什么电视剧全然不知,所以也插不上话,只能吃饭,很快就吃完了。

你怎么吃那么快?

没事,我吃饭一般比较快,你们慢慢聊,我听着。

卡儿终于吃完了,对她说:我吃完了,先走了,你还是陪他去逛逛东州市区吧，去碧河边走走也行，人家坐了四个多钟头的火车过来看你。

她沉默一下又说：但我还是很想去看电视。

卡儿说：电视有什么好看的？反正网上能够下载，迟一点看还是有的，陪人家去逛逛吧。

我在旁边说：其实不用了，我只是想过来看看，吃顿饭我就可以走了。我也赶火车。嗯，这样……我掏出那个礼物：MP4，最新款的……这是我送给你的生日礼物，不是什么贵重东西，你就收下吧！

不要了！她推了回来，不用了！

不是，我不是那意思，只是一个纪念。送东西并不是就想要什么的。

不要了，她站了起来，你还是拿回去自己听吧！

你要不收，我马上就丢垃圾桶。我说得很平静。

卡儿马上打圆场：呵呵，平安夜，又是人家生日……唉，出去走走嘛，礼物拿着，这可是最新款的，最近电视老做广告，走啦！

我看着她不情愿地拿着礼物，想起我一路上出去找兼职，一家家地问过去：要不要兼职工，我什么都能干？又想起在考场上，监考老师走近又走远，我知道被抓作弊将是什么下场。想到这些，眼泪险些都掉下来了。于是我深深地吸了一口气。

我说：那我回去了。

她似乎也开始觉得有点过分。她说:出去走走吧。

十三

你会在这样一个阳光明媚的早晨醒来,口有点干,喉咙有点痛。你眨了一下眼睛,终究会想起昨晚的酒。

这是一张铁床,铺着木板,它的硬度足以令你浑身酸痛。你身上的被子发出一股难闻的骚味。你的手和脚,被紧紧地绑在床四角的柱子上。你的记忆开始慢慢恢复。

阳光照进来,开始照到你脸上,然后移开了。后来温度开始升高,你知道已经是中午了。对着天花板,什么事都做不了,所以你只能看着,你闭上眼睛,想睡觉,但再也睡不着,脑海中空荡荡的。

这时门开了,男人回来了。他一进门,就打了个饱嗝,于是你才发现肚子饿,而且有点尿急。

你说:我饿,想上厕所。

你只要答应跟我做,我就给你吃的,而且让你去厕所尿尿。

要是不答应呢?

那就没吃的。

那上厕所呢?

你尿床上吧。之前三个女的,也在这床上,她们都撑不了,尿床上了。

你一阵恶心。

他又问:昨晚睡得好吧?

你扭过头,看着天花板。

杀人犯说:不回答? 好,从现在起,不让你睡觉——女人一般都撑不了三天,就百依百顺。

十四

我和她走在街上。街上人来人往,这是晚上九点多,现在年轻人都知道平安夜,洋人的节日,而春节、中秋节却显得冷清。大概因为鬼佬的节日都和爱情连在一起吧。

我和她在街上走着,但两个人仿佛生活在不同的世界,中间依然有一面看不见的玻璃墙隔开了彼此。我们都没说话,我开始揣测她应该在想着电视连续剧的剧情进展。我想了一些话题,都觉得不太合适;我说了几句,也都被她一句话就了结了。

其实我现在也没有钱陪她逛街,但她买了一个唇膏时,我还是帮她付了钱。我暗自咬了咬牙,把自己的手机卖了,也不丢这个脸,男人嘛,不就争一口气吗?

又走了一段,我说:如果太累,你就回去看电视吧。

她马上说:好。

送她回去,我说:你晚上出来要小心一点,听说东州最近比较乱,出了灭门的案子。

她嗯了一声。

她消失在夜色中,我突然不知道自己应该走向哪里。我感到自己活着不知道为什么,但又不敢去死。我无法理解自己的生命运作到了此处,应该以什么样的形式进行实现。我不知道此生的所在,会不会就消耗在繁杂之中。我不知道到哪里寻找一个安全的点,我不知道自己能用什么样的面目将灵魂安放在这世界上。如果这些问题无法得到更好的解决,我可能会死掉——但仅仅是可能,还是没出息地活着吧。

但我没有钱买车票了。我走进一家二手手机店,掏出我的手机,我说这个值多少钱,店主瞟了一眼,说:这种机子应该卖到古董店,我们这不收。

于是我晃晃悠悠向醉香网吧走去。在醉香网吧,是我爱情的破灭,也是你噩梦的开始。

十五

你应该感到难受,因为你在一个男人面前尿床了。他哈哈地拍手称快。

饥饿使你昏昏沉沉,但他一直在旁边叫醒你,不让你睡。在你开始入睡的那一瞬间,他会将冰冷的手放在你的脖子上,于是你就清醒了。夜幕降临,你开始害怕。你憋着,不说话。但你确实想睡觉,你不能不睡,你企求一种安宁,甚至,你宁愿死去。

你的眼睛刚一眯上,他就会用冷水,或者大叫一声,让你醒来。你知道夜已经深了,你奄奄一息地支撑着。你明确地告诉他,你不能和他做。

你还为你离婚的丈夫守着?难道你真不想要?我就不信,你这么漂亮,居然不想要?人最终会在迁就中过完一生,你可想清楚了!我有一百种方法让你达到高潮!

你迷迷糊糊地说:我犯过一次错误,跟过一个网友,一个写诗的网友,全身上下都流淌着一股绝望的一个网友,之后,我就只能跟我老公离婚。

不就是跟网友一夜情嘛,干吗要离婚?果然是一个烈女啊。但今晚才是第一天,你还有无数个晚上,无数次折磨。

不是,那个诗人有病。

这世上谁没病?除了精神病院里头的人是正常的,我们都有病。

你不再说话。你蒙眬的眼神穿越窗外的夜色,看到这座城市远处的灯火。关于羞耻,关于凶杀,关于放弃,你发现自己正在慢慢松开了自己的命运,就像一块破碎的玻璃松开了它自己。你发现他渐渐地远去,仿佛已经生活在两个世界。

这一个生活在另一个世界中的男人,继续讲述他的灭门命案,讲述他作为一个武僧的辉煌和寺院的腐败,他的郁郁不得志,其他和尚都排挤他。他的声音很吵。多高的墙我都翻得过去,多陡的地方我都爬得上去,没有人知道为什么门反锁着,但家里的人却死光光了,还以为是自相残杀。

凶杀。割喉。血。虐待。绝望。你开始变得清醒起来。原来恐惧的终点,是完全地放手。

你坚定地告诉他,你需要吃的,也需要洗澡。

他马上明白你的意思,哈哈大笑:小样,比我想象中还要快,这么经不起折腾,早一点答应伺候老子,不就什么都好好的?

在厕所里你想过翻窗跳楼,但窗户的铁栏都是焊死的。你的眼睛透过窗玻璃的反射,可以看到安静的碧河在阳光下流淌。你叹了一口气,用袖子擦了擦眼泪。

十六

在离开东州的火车上,我开始想起一句话:自己才是自己最好的医生。

我的苦闷来源于哪里?我的恐惧来源于哪里?

想起她,想起她装在盒子里的贝壳,想起某次旅行小木桥上她的笑。她正在慢慢走远,能走出我的记忆吗?无边无际的记忆啊,你承载了多少东西!

没有什么是永远属于你的。将它砍断,那是保持纯洁记忆的唯一方式。

忘了在哪里看过沈从文的一句话:孤独一点,在你缺少一切的时节,你就会发现原来还有个你自己。

但我真的还有自己吗?这个星球,不过是时空的监牢,时间就是我们的镣铐,我们的基因被混合进了时间里,不断地生死复制,不断轮回。还不如找一个机器人替我活着,或者替我爱着。

如果时间再来一遍,我还会去当枪手、偷手机吗?应该会的,这是一个时间的魔咒。

十七

你终于开始释放,骑在他身上,恢复了以往的狂野。这场性之舞,由你主宰,杀人犯在你身下,完全被征服。

你开始明白那个绝望的诗人网友那一夜也是这样释放。但最后,诗人平静地告诉你,他前天 HIV 检测结果为阳性。

于是你离婚。你决绝地离开,不谈论理由。

现在,你也可以平静地告诉和尚,喝酒的时候,你为什么大哭:一夜情,染病,离婚,似乎是一个必然的程序,将一个空虚的人带进了绝望。

你变得那么平静,你轻轻地告诉他,你身上的病毒,正在他的血液里开始流淌，遍布他全身的每个角落。你告诉他，他是多么不懂得你的心，你是多么喜欢他那张脸、他的笑容，你多么不希望他也跟你一样，他的帅气本来可以给他活下去的希望，本来你可以一直拒绝。但现在，你松开了一切。

你本来是相信无论什么样的恶魔，即使杀了人，也是可以救赎的。你去了那间寺院，跪在佛的面前，你祈求饶恕，你祈求救赎，你祈求自己干干净净地离开尘世。但你不知道一双魔鬼的眼睛，已经盯上了你。

而现在，你可以安静地告诉他：朋友，别绝望！艾滋病从感染到发病有七到十年的时间，这段时间你完全可以像正常人一样生活，即使发病了，国家也有免费的药物治疗，治疗全程规律的话，那么也可以像正常人一样活得好好的。别绝望，有什么事佛会尽所能地帮你。

你看到他的脸开始痉挛。他像一个将被执行绞刑的囚犯，他冲进厕所，他用水一直在洗。你听到水声，脸上竟然浮现出淡淡的微笑。

他开始砸东西，开始发泄，开始抽打你。但你应该无所谓。他咆哮着：我不想死，我不想死了被烧成灰，我不想就这样完蛋！我有武功！

看不见的东西才真正可怕。

你那张被他打痛的脸上，重新展开了笑脸：知道的不一定能改变，真实的往往不是最有效的。昆鸟秋来化作鹏，直游快乐任飞腾。翱翔万里云霄去，余外野禽总不能。扯淡！这怎么会是上上签呢？

十八

三天以后，在一个午后昏沉的梦里，我见到了她的死亡。她死的时候，脖子上挂着我的礼物，那个最新款式的 MP4。透过碧河无边的浓雾，我无法知道那个行凶的男人跟她发生过什么事。她脖子上挂着我的礼物，我亲爱的她在梦里曾经被带到小屋里，绑在那张木板床上，也在一个陌生男人面前禁不住地尿床。所以她变得那么冷漠，我甚至想过，她或者至死还爱着我，但一切都无法回头了。醒来时，有些绝望的开心，毕竟一切都随梦消散。我对自己说，她一直都爱着我，这一点我感受到了。我知道梦中的这些情节是丑的，但我永远想不清楚，一个人对另一个人冷漠的理由。

我给她打电话，她说：喂，是你啊，我这会儿没空，正要出去，今晚刚约了一个和尚给我看相，刚在网上认识的。本来是和卡儿一起去的，但她今晚没空，凌国庆来找她看电影。同学，现在都什么年代了，你那么激动干吗？

是啊，完全没必要激动，因为真正的故事还没有到来。

那一年，"非典"刚刚过去，机器人大战还没有来。在平行的时空里，需要再过五年，我的她才会和我离婚，然后成为你，在一个凉夜被一个和尚绑在一张铁床上。我并不想有这样的结局，但时空循环的宿命是绕不开的。

海岸线

一

那一年农历五月十三日，霞海城隍庙门口暴雨如注。雨势稍弱之时，七爷、八爷身戴咸光饼，后面挂着黄高钱，在一片锣鼓喧天之中出现在街头。

我就是在这一天离开台北的。父亲到东州经商，我必须跟随着他，前往这个陌生的城市。父亲说姥姥希望我以后留在东州读书，我感觉这个安排是他的想法，不是姥姥的，但小孩又不能决定事情，只能服从。这一天雨时下时停，据说这是一年之中雨水最多的一天，因为关老爷专门挑选了这一天在天上磨大刀。磨刀水倾泻而下，把我的心都浇痛了。

母亲帮我收拾好了行李，父亲在洗手间剃胡须。我坐在窗前，看着不远处的街头，几个善男信女正跟在出巡队伍的后面，戴着纸糊的枷锁还愿。我那个说话颠三倒四的姥姥,躺在狭窄过道的竹躺椅上,正跟我的妹妹讲述她在眷村的日子。她用不疾不徐的语气描述她当时生孩子时,如何自己剪断脐带的。她细致地讲着,我妹妹却捂着嘴巴在一旁笑。

“我讲这么凄惨的事,你还笑?”姥姥嗔怪道。

妹妹还是一直笑:“姥姥,我跟姐姐打赌的,你今天还会第四遍讲这个故事,看,我赢了吧……姐姐,你输了,要给我一个小朋友!”我只有一张“小朋友”(千元新台币),这是我仅剩的全部积蓄,当然不会给她。但她开始哭闹:

“你到东州去,千元就变两百,小朋友就变成老人,反正也用不了,不如给我啦!”

她开始往我的房间走。她知道我将钱放在枕头旁边的铁盒里。

“不行!”我冲进房间,保护我的铁盒子。

但妹妹已经将我的盒子哐当打开了,她没有直接去拿钱,而是举起了一张照片:“哦,这是谁的照片……为什么撕碎了?”

我当即抢了过来:“小屁孩,出去!”

她哼了一声:“卑鄙小人,言而无信!”

二

门关上了,一片寂静。我知道母亲还在收拾着衣物,父亲,这个家里唯一的男人，此时正在镜子前面细心刮着胡须。天真的妹妹可能啥都不懂，但是我知道，他们分床而睡已经有些日子。在这平静的分离中，似乎蕴含着某种东西。东州，我对这个城市莫名地憎恨起来，但我又不得不接受轮渡和海岸线。

碧蓝的大海总有一种使命，不断去挤压她的岸，不断去给她的岸以打击和清洗，然后，留下沙滩。

我走的那天，姥姥拉着我的手："眷村当时最好吃的是饺子，能吃上一顿饺子就不错了。山东大馒头也是好东西，你去了山东……"

"姥姥，我要去的是东州。"

"东州？东州有竹联帮吧……"姥姥开始思考起来，但她的思考都是空白的。

三

我跟随父亲先前往香港。父亲去办事，我到街上看人游行示威，游行队伍吵吵闹闹，但其中有一种非常一致的表情，仿佛一下子走进了电影里。这种热闹我并不喜欢，只能选择回到旅馆睡觉。

我取出铁盒子里那张照片。果果，那个身上有杧果香味的男孩，在撕碎的照片中灿烂地笑着。每次看到这样的笑容，我仿佛就能原谅所有的欺瞒和背叛，甚至原谅他撕掉我照片的那个瞬间。

我们在一棵鸡蛋花树下互相撕掉对方的照片。被撕碎的照片像飘零的花瓣一样铺满了一地。撕完之后我们都转身,朝着不同的方向离开。但是,一刻钟以后,我在泪眼模糊中回到原地。扫地的阿婆正用扫把拨弄着照片:“这些死鬼仔,无素质!”然后她看到我,看到我盯着地上的照片,看到我的眼泪,她想弯腰帮我捡照片,忽然又犹豫了,转身就走开了。我一片片捡起地上果果照片的碎片,像在硝烟弥漫的战场上收拾亲人的残肢。我将这些碎片捧回家去,用了一个多小时,流着泪小心翼翼地粘贴在一起。我看到那个灿烂的笑容又开始在照片上聚拢起来。“你这是在犯贱!”我对自己说。但当我将照片完整存进了铁盒子时,我的内心也是完整的。我感到安全。

那一刻,门外传来父母的争吵声,还有姥姥收音机里的京剧唱段。第二天,班导让我邀请父母到学校去交流,我说我父母刚去世。

四

离开台北并没有问题,我承认自己不是十分恋家的人。关老爷的磨刀水也没有问题,只是我拿着手机,按键停留在果果的号码上,但就是没有勇气拨出这个电话。我的心像没有海岸的浪潮,奔涌着,翻滚着,无法平息。

那时,果果带着我穿过霞海城隍庙的游行队伍,一起翘课,一起去逛通化街的夜市,一起搭拥挤的捷运去吃一杯烧仙草。在汽车上,在公园里的长椅上,我会靠着他的肩膀睡去。果果喜欢在我睡觉的时候偷偷用手机拍摄我，他说以后做纪念，我也乐意接受这种安全的窥视。

果果教会我买金包银刮刮乐，但从来都没中过奖。果果从不吃汉堡，他说，吃一个汉堡，相当于要砍掉中美洲一块厨房大小的森林。我也不知道这是怎么计算出来的，有何凭据，但我还是很盲目地相信了。

有时候喜欢一个人，仅仅是因为相信。相信他在那里，一定在那里；相信他是完整的，一定是完整的；相信他的每一件事都是美好的，相信他的错误都是有原因的。仅仅如此。

五

父亲在香港并没有停留多久，他很快带着我来到东州，一座没有捷运的城市。在这里，捷运叫地铁。

我不习惯这里。我不喜欢将班导叫作班主任，听起来像班猪，因为我们的班导很胖。我不喜欢将便当叫盒饭，因为很难吃。我不喜欢将粿条叫河粉，虽然都长得差不多。也不喜欢将脚踏车叫自行车——明明不会自己走的嘛。

我跟父亲抱怨过，但他就开始讲道理："我跟你讲的啦，你要去适应的啦……"

"我有去适应啦，不用你讲！"

但父亲把我丢到学校里，其实很少来管束我。他只知道我不喜欢背厚厚的政治书，其他的就不知道了。因为我留意到，有一个年轻的阿姨总在我上学的时间到我家里来,在我回来之前离开。我并没有见过她,但我会在家里发现女人的发夹、长发、香水和一些不便提及的物品。

我曾暗示过父亲,但他沉默,避而不谈。仿佛沉默能解决一切问题,但其实不能。

因为我母亲来了。

六

那一天放学,我一进门就感到浓浓的火药味。

母亲坐在沙发上,两手交叉盘在胸前,但依旧掩饰不住胸膛的起伏。她那样瘦,手臂压扁了她的胸罩,一马平川,所以猛烈的呼吸并不能在胸口兴起波浪。

父亲蹲在门槛上抽烟。

我看情形不对,悄悄溜进了自己的房间。果然,他们开始吵起来,开始小声争吵,后来越来越大声,然后,声音戛然而止,再然后,和电视剧里的所有故事情节一样,母亲终于哭了起来。我想任何女人都是小气的,无法跟别人分享丈夫,我以为母亲会断然跟父亲提出离婚。然而我可怜的母亲,毕竟是受过日式教育的人,她并没有呼天抢地,也没有以离婚平分财产来要挟父亲。相反,从他们隐约的词句中,我感到母亲似乎更加害怕离婚。

母亲走了,她变得十分憔悴。在我记忆中,母亲一直不太喜欢我,但她喜欢妹妹。每一次我和妹妹闹矛盾,挨打挨骂的一定是我,而她的理由十分牵强,那就是我比妹妹年长,要忍让。凭什么年龄大就要忍让?许多古文明就是因为忍让才被剥削得杯盘狼藉。但这一次,我是站在母亲这一边的。我第一次主动去拉她的手,和她并肩走着,而父亲,那个背信弃义的人,提着母亲的行李走在我们的后面。他的腿几年前做过手术,所以走路的姿势有点说不出的奇怪。

车站在碧河边上,远远就能看到。碧河从东州市区穿过,一群白色的鸟掠过水面,消失在对岸的木棉树林里。路上人来人往,每个人都行色匆匆,我知道在每一张漠然的脸孔背后,都有各自的悲喜和辛酸。我像是一份横在我父母之间的礼物,他们似乎都想争取让我成为自己的筹码,但又没有人主动走过来打开礼物,就这样一直僵持着。我突然想起我未来的丈夫,假如未来一定要有一个丈夫的话,我希望他赶紧来,在我的轻盈变成笨重之前,火速赶来与我相遇,我们灿烂,制造故事,打情骂俏,然后紧紧拥抱彼此,毫无保留地去爱,燃烧整个生命地去爱,可以摧毁一切地去爱。当然了,总是有个保质期,没有不死的爱情,他终于会成为一个胖男人,而我也会是一个只考虑自己和孩子的自私妇女。即使我不愿意那样,生活的压力也会让我那样。

在街角,母亲停下来买了一瓶矿泉水。她仰起头咕噜咕噜喝水,我看到了她脖子上不合时宜的赘肉和皱纹。她喝完水,眼泪又流了下来，仿佛那瓶矿泉水是在为她的泪水充值。我紧紧地挽着她的手臂。她的手臂也松松垮垮，仿佛大风一吹，就可以吹掉血肉，留下树杈一样的白骨。

我突然对我的父亲感到厌恶。

七

唯一欣慰的是，东州也是一个有鸡蛋花树的城市。每次看到鸡蛋花树，看到黄白相间的花在风中摇摆，我就感到莫名的哀伤。这哀伤属于青春，也属于回忆。但有时候一个人走进回忆之中，就如一条金鱼走进热爱它的沙漠，阳光虽好，却不过是一场盛大的葬礼。

立秋过后，月亮总是很晚才爬起来，显得有气无力。有时候我也会想起果果，想象他像韩剧里面的主人公一样身患重病，然后对我隐瞒了什么真相，最后在他快要死掉的那一刻，我出现在他面前，给他一个热烈拥抱。

怎么可以诅咒果果呢？我又自己忏悔起来。

在学校里，果果是十分单纯的孩子。他喜欢穿着白色的裤子，把裤脚都修得窄窄的，配上小巧的布鞋，鞋子里细小的脚丫就像两根包在蜡纸里的冰棍。我们在一起的时候，我常常会不小心就睡着了。在他身边，我感觉到安全。然后他就会跟往常一样，拿着相机对着我拍照，等我醒来的时候再用我睡姿狼狈的窘相来要挟我，要我陪他去逛许多地方。

这样的游戏玩过很多次，一直到后来曹佩出现了。曹佩最开始出现在果果的口中，他不时会提起她。我也从他口中知道曹佩很仗义，是侠女一类的人物，很多人像跟屁虫一样跟随在她后面。她们在学校组建乐队，聚集到女厕所里去抽烟，或者约好在一起欺负低年级的小男生。

曹佩由远及近，逐渐出现在我的生活中，然后再出现在我的面前。我坐在教室里，她走进来，对着全班的同学喊："谁是卡儿啊？……不是找公交卡，是卡儿！"

全班同学的眼光都集中到我身上来。

她向我走来，脸上带着若有若无的笑，像皇后俯看着她的宫女："你是卡儿？"

我点了点头，很茫然。

她转身对她身后的人说："挺正的嘛，看来果果把妹还是有一套的！"然后他们就哈哈大笑起来。后来他们又说了什么，我都记不得了，那么多人的眼光都聚焦在我身上，我有一种快被点燃的灼痛，眼球的转动都有点干涩。

"看你们把她吓成这样，走吧走吧，都散了吧。"曹佩大声吆喝着，像是一个在餐厅熟悉所有周旋应对的老板娘。

人群散去，我无助地流下了眼泪，并在心里骂自己，为什么这么不争气?

这个时候,我又有一点恨自己。

八

父亲喝醉了。一群穿着西装的朋友把他拖了进来。他只顾呼呼大睡,浑身散发出恶心的酒气。四五个人抬着他的手和脚,才将他抬上楼来。他全身都软绵绵的,像是没有骨头。他的红色领带被扯成红领巾,套在脖子上,像是快要执行绞刑。他们将他扔到沙发上,说:

"你是张经理的女儿吧?"

我点点头。

"张经理喝高了,睡一会儿就没事。他的皮鞋掉在楼梯那里,你等一下去捡。"

他们说话有很重的鼻音,显然也是喝高了。他们中有一个穿着白西装的,盯着我衣服的领口看了两眼。

他们走了,下楼梯噔噔地响。我向楼梯口望去,昏黄的灯光下,楼梯口像是一张大嘴巴,吞吐着奇怪的气息。我想起了父亲的皮鞋,于是循着楼梯往下走,低头寻找皮鞋。

在一个楼梯的转角,那个穿白色西装的男人把我吓了一跳。他手里举着我父亲的一只皮鞋:"来,来嘛小姑娘,叔叔跟你讲……"我一个转身,撒腿就往楼上跑。

“别跑啦!”他似乎想追上来,但站立不稳,跌坐在楼梯上。这时楼梯下面那几个人上来扶他,并对着我喊:“孩子,没事,他喝高了乱说。”

“你想干啥?明天老张醒来,他不拿菜刀干掉你才怪!”他们在训斥着白西装,将他带下楼去。

我站在楼梯口,惊魂未定,深深吸了一口气。

就在这时,我听到家里哐当一声有东西倒地的声音,以为父亲摔倒了。我飞奔入内,原来是父亲翻了一个身,踢倒一张椅子。他调整了一个舒服的睡姿,继续呼呼大睡。我走过去,晃了晃他的手臂,他并没有任何反应。

我坐着,看着他睡觉。墙上时钟的秒针发出嘀嗒嘀嗒的声音,在一片死寂中,一种恐惧感从秒针的跳动中弥散而出,笼罩着我的全身。

父亲会不会就这样一直睡着,不再醒来?我不禁去摸了摸他的额头,又像电视里一样去探了探他的呼吸,呼吸粗而急。用不用送医院呢?会不会有问题呢?

这样的担心在一片空旷中变得十分无力。

我靠在另一边的沙发上,意识开始有点黏稠了。就这样迷迷糊糊睡了过去,我竟然知道自己是睡着了。然后,总有一个白色西装的人在沉睡的我身边转来转去,我看不清他的脸,像一个走不出来的捉迷藏游戏,松弛的发条总会被再次拧紧。一直到他的整张脸都凑到我的胸口来,我才猛然惊醒,那竟然是果果的脸!但果果从来不穿白西装。

我被一股酸臭的气味呛得捏紧了鼻子。父亲开始呕吐了。整个房间，全是他胃液的气味。我只吸了一口，便是一阵干呕。我深呼吸，然后取了脸盆去接他的呕吐物。

开始吐出来的是黏糊糊的东西，后来呕出来的都是水，他猛烈咳嗽，像一台快要报废的机器。然后，他从僵硬的喉咙中挤出两个字："水……水……"

我怎么这么糊涂呢？书上明明说了，喝醉了要喝水的。

他喝了两口水，又开始吐了起来。然后开始说话：

"小卡儿，别担心，老爸没事……呃……老爸没用……没用……"

他重复着"没用"两个字，迷迷糊糊又昏睡过去了。我只见他的眼角滚下了几滴眼泪，不知是因为呕吐的难受，还是因为内心的难过。

在这寂静的夜里，我想起很多事。我张开手掌，同时想起了命运。我就像碧河上的一只白色小鸟，飞上高空，但幸福却像空气一样稀薄。窗外传来碧河上运输船发动机的声音，如果不是有一栋楼阻挡，从我的窗口是可以望见碧河的。我喜欢这条河，也喜欢碧河这个名字，它是东州为数不多能让人眷恋的事物之一。

睡不着，我下楼来到碧河边。碧河安静，白天被艳阳灼伤的热风因为过度膨胀而继续鼓动着。一个钓鱼的人在水边打着灯等待上钩的鱼，他回头看了看我，又看了看我。我发现他隔一阵就会回头来看看我，这个陌生人，大概是担心我跳河吧。算了，别给人添麻烦了，回去吧。所以我捡了一块石头，扔在那个钓鱼的家伙前面的水面上，扑通一声溅起了水花，鱼儿就都跑掉了。他站起来，一脸错愕，叫了两声喂。我一溜烟跑掉了，心情突然就好了起来。

九

除了碧河，我还喜欢对面楼上的灯光，喜欢这样柔和的灯光将路边木棉树的影子投在我的窗帘上。如果将卧室的灯关掉，窗帘上就是一幅画。斑驳、神秘、安全。同时让我想起台北的家，楼下也是这样的木棉树。木棉树总是有不合时宜的美丽，在天气鬼冷鬼冷的时候，却绽放着燃烧的灿烂火焰。

那个季节，仿佛失恋是一件理所当然的事。那个身上散发着杧果香味的男孩，因为他的怯弱而让我愤怒。

还是要提及曹佩。曹佩对我的侵犯，从果果手机上的照片开始。当我各种睡姿的照片在同学的手机里以蓝牙的形式传播时，我跌进了绝望的深渊。

木棉花在燃烧。

果果在我面前低下了头。

“为什么你的手机会在曹佩那里？为什么手机里的照片会传出去？这究竟是什么意思？”

果果很久才从嘴巴里挤出一句话：“怕什么？又不是没穿衣服

的。"他的口气那么轻松。在他那里,这仿佛是一件不值一提的小事。

我气得发抖,真想冲过去,将他像一幅画一样撕碎,或者如同一头狮子将他嚼碎吞下。

但果果还是完整地站在我的面前:"这也是为了保护你,免得她再找你麻烦。"

"保护?"我一声冷笑,整个天地都在旋转。

"会过去的。他们就是知道你在乎,才能伤害到你;只要你不在乎,就真的没什么。照片只是照片而已。"

果果试图用一种更高的价值观和境界来取消这一切的难堪和尴尬,似乎他所做的一切都是为了我。但他不明白,这是取消不了的。我此时就像沉浸在一个噩梦之中,周围的一切都变得不可信任,全部是机关和陷阱。

当你不信了,爱就不复存在。就是这样。

十

我酝酿着许多计划报复曹佩。我想象着把曹佩反锁在厕所里,往她书包里扔死老鼠,或者想办法去砸掉她的琴。

但我不敢,我只能告诉果果所有的计划来宣泄我的愤慨。

果果认为我疯了,我所设想的这一切太不可思议。

"这不是你,明白吗?这是你内心的魔!你心里住着一个魔鬼!"

他这样说,仿佛其他人心里就没有魔鬼一样。

“这也不是你,不是那个体贴而温柔的你,不是那个爱收集车票的你。”

世界变得十分冷清。睡姿照片事件慢慢在瓦解我们的感觉,直到我们都发现我们所谓的爱情其实是活在彼此的想象之中的。

我们所谓的爱,只是一个假设,假设对方就是那么好、那么完美,简直跟我们所想象的完全吻合。但只是一阵风,想象的青花瓷就这样破碎了,碎落了一地。王子和公主变成了渔夫和婆婆;王子变成青蛙,公主变成毒蛇。故事从一个时空过渡到另外一个时空,甚至没有留出让我们好好谈一谈的余地。

“你怎么会这样?”这是我们询问彼此最多的话。

我们只能靠记忆和一些细小的物品去回味彼此能够共享快乐的时光,仿佛只有回到记忆中,一切才是安全而完整的。

就这样,在一个鸡蛋花开的季节,我们撕碎了彼此的照片。在那一刻,我十分希望这样一段人生可以不属于我,可以直接 PASS 掉,仿佛它不是青春,不是灿烂的生命,如果可以有一把剪刀,我会毫不犹豫将之剪去。

十一

元旦刚过,姥姥就走了。

妹妹说，姥姥讲得最好的一个故事，是她在眷村，那么多人只有一口深井，许多人排着队取水洗澡。长长的队，很多人都等不及了，开始互相埋怨和催促，互相耍计谋。这让姥姥产生一种幻觉，觉得前面的队伍里的每个人都可以随时变成几个人，让队伍变得更长。

所以姥姥常说，前面的队伍那么长，而你什么都得不到啊。这个说话颠三倒四、常常不讲逻辑的人就这样离开了我们。就像许多人排着队出生，又排着队死去一样，上帝为每个人都安排好了固定的次序。而姥姥的次序，是她必须浑浑噩噩地讲述完所有的故事，才可以安然离开。

为了办丧事，父亲带着我回去。这是半年之后，我重新回到台北。风景如旧，而我觉得自己仿佛变了。如果重新回到鸡蛋花树下，我想，我应该不会撕掉谁的照片；如果再次面对嘲笑，我似乎可以更为坦荡。甚至有时候想想，果果说的一些话，好像也有他的道理。

但我们都回不去了。

不可回溯的时空为这段记忆制造了距离，也制造了美。

姥姥在一片白色的哀号声中离开了，被送进了墓园。她生前最喜欢的妆台，被移到屋角。妆台的镜面上写着："此地是妆台，不可有悲哀"。这个没有悲哀的故事女王终于集齐属于她的所有时间，决定离开我们。我的姥姥会是怎么走的呢？在我的想象里，她应该变成她年轻时候的样子，拖着一只轻巧的行李箱走出门去，走向光，在光芒之中，她爱着的人会在那里等待着她。

有那么几天，妹妹显然是不习惯的。她放学背着小书包高高兴兴回家，进门照例叫了一声姥姥，发现没人应答之后，她呆呆地站在姥姥躺过的竹椅旁边，久久都不说话。那个反复讲述同一个故事的老人不在了，我很想她。

因为父亲的归来，母亲脸上似乎重新焕发了光彩，这样的光彩，只有女人之间才可以留意得到。她将父亲最喜欢坐的茶几抹得纤尘不染，把茶杯和茶壶都洗得光亮。她的话变得比以前少，但她又似乎在期待着什么。

十二

丧事完毕之后，我又要重新回到东州，那里有我新的海岸。

这一次父亲竟然变得有些恋家，他主动将行程推后一两天。这个家里都是女人，现在依然都是女人，只是最年长的女人不见了。

“我想陪陪你妈。”他对我说。

我点点头，内心流过一丝感动。一是因为他语气中的真诚，二是因为他终于将我当成大人那样，与我进行交流和对我解释，而不是像以往那样像皇帝一样包办一切。

午后，妹妹放学归来。她对我诡异地一笑，并朝我招手，然后将我拉进房间里。

“有人知道你回家了，让我给你带来一封信！”她将右手从背后扬起来，手里是一封信，我所熟悉的淡绿色的信封，“要给我一张小朋友，不然不给。”

妹妹要挟起我来，这是我们之间最熟悉的交流方式。我付出了一只变形金刚的代价，才将她轰出我的房间。

我在窗口的椅子上坐下来，端端正正将信放在我的面前，我深深吸了一口气。没错，是果果的字迹，是他熟悉的风格，没有电话，没有短信，而是用手写的发出淡淡香味的信纸来征服我。他一直这样，他一直知道我喜欢这样。

我将信封轻轻拆开，里面只装了一张照片，是被撕碎之后拼贴起来的照片，我的照片。显然那天偷偷回到鸡蛋花树下的，原来不只是我一个人。或者他就在暗处，看着我将他的照片小心翼翼地捡起来。我突然想，如果是在此前，不久的从前，我应该非常激动，大哭一场，或者马上冲出去找他。但有些事情已经如碧河流水悄悄发生了改变，没有声音，也无法言说。我打开小铁盒，将那封信放了进去。被封存成为它的唯一归宿。

替身

你得到了什么，在遥远的异地？你失去了什么，在你自己的故乡？

——莱蒙托夫

一

老徐说，这两天他已经死了两次，下午准备再死一次。但那天下午他没有去死，而是在我家喝得酩酊大醉。他举起两个手指，说这是两棵树。我只能说是的，好大的两棵树。他接着说要砍树，我看他站起来，直奔厨房寻找菜刀，大惊失色，一把抱住他，连哄带骗让他在沙发上躺下。但没多久，他又站起来，说要去找铁莲，我说铁莲不在，他便要去找苗导要工资。于是整个下午，我们都在铁莲和苗导之间纠缠不清，一直到他睡了，在沙发上打着很响的呼噜。

老徐睡下了。我的酒劲也开始发作，脑壳嗡嗡地响。刚躺下又爬起来——我得去锁门,我对门那老太婆不知为什么有偷东西的癖好,其实他们家一点都不穷,但她就好这一口,我吃过亏,被她顺手牵羊揪走了两双价值几十块的皮鞋。我锁好门,楼上那家人又开始挪桌子和椅子,而且还挑时段,不是午后就是半夜,每次都拖得天花板哩啦作响。刚开始租这房子的时候,我上楼十分客气地同他们说了两三次,这倒好,他们反而觉得我敲门打扰他们了,属于恶性骚扰,事后便给楼下管理处打了投诉电话,说如果我再去敲门他们就报警。

我醒来的时候,老徐正在客厅抽烟,把脚抬高搭在茶几上。他见我从房间出来,把脚缩了回去,十分礼貌地对我笑了一下,才说:真不好意思,喝光了你的酒。说着他看了一眼空酒瓶,酒瓶还倒在茶几下面。我说:没事,倒是让你死不成了。

老徐是一个群众演员,跑跑龙套。刚才说到的苗导是他老板,秃顶的胖子;铁莲是他前妻,不久前离婚了。他每天都要在苗导面前出现一下,奉献几个笑脸,期待苗导给他点活干。按行价,露一下脸的二十,有一句台词的五十,装一次死人给一百元红包,做一次替身两百到三百,挨一记耳光五百块。前两天,老徐去死了两次,理应得到两百块报酬,但被苗导给扣下来。“工资过几天再拿,这点小钱,我们苗总会给你的。”故此老徐心里郁闷。本来下午还有个机会死一次,结果喝高了,没去成。

老徐指了指天花板,说:上面很吵。

我说:没办法,特殊爱好,每隔两分钟会挪动一下桌子,习惯了。

二

在离婚之前的那段日子,老徐经常可以在自己的床上发现苗导的东西,开始是外套、烟或者火机,后来是领带、袜子、皮带、大号内裤。铁莲总是一句“他不小心落下的”,也没再说什么就走开了。最后老徐用单车载着铁莲去离婚,出来的时候,他自己骑着单车走了,铁莲习惯性地唉了一声,老徐回头说:唉什么?我们现在已经不是夫妻了,自己走回去!说完这句话,老徐哼着曲子走掉了。在我看来,对这个情节的安排,老徐早就密谋好了。他一定知道铁莲会习惯性地唉一声,也早就准备好扬长而去。老徐似乎不像别人离婚那么伤心。“离婚太便宜了,只要七块五毛钱!把那红本本一剪,啥事都没有了。我问人家同志,要不要其他什么东西,人家说不用。”对未来的生活,老徐也一点都不担心。“老郑,我跟你说,体面人在这方面就不如我们了。不瞎吹,正儿八经的,很多人一辈子就睡一个女人。但我们的工作是流动的,打工妹多的是,她们也是流动的。”说完老徐哈哈大笑,我也跟着笑了起来。

但江湖传言,老徐下面不行,这大概是铁莲愿意和苗导睡觉的原因所在。这种传言越传越真,最后传到了老徐的耳朵里。老徐脸霎时就红了。但没过几天,老徐就和一个叫小周的姑娘好上了,出双入对,非常亲密。该姑娘眉清目秀,一副楚楚可怜的样子,据说苗导都曾经对她动了心,只是一直没有得手。现在,居然让老徐给征服了。对老徐这一手,我颇为佩服,这等于一言不发,用自己的行动去回应别人的非议,实在是壮举。果然,外界的流言便渐渐平息。

过了一个星期,老徐又往我这边蹭。我问他为什么不去陪人家小周。他支支吾吾。分手了?他摇头。那怎么整天往我的场子跑?你又不赌钱。老徐沉默良久,才说:老郑,最近场子还景气吧?我看赌的人都挺多,很多赢的。

赌钱都是有赢有输,赢的就和输的一个数,什么叫很多赢的……你想借钱?我恍然大悟。

他点了点头。

准备结婚?

他又摇头。

我被憋坏了:妈的,你装什么孙子!说!要钱做什么?

他吞吞吐吐,但我总算听明白了。他要陪人家小周去把肚子里的孩子拿掉。我大为光火,臭骂了他一通。“你怎么这么不小心啊!那事很伤身体的,人家一个小姑娘,你还是不是男人?出了这样的事,你就得娶了她!还去医院干什么?”他被我这样一骂,居然呜呜地哭了起来。一个大男人这时候哭了,我简直忍无可忍,站起来,喊了一句:你给我滚!

这一句把他震住了，他从口袋里掏出纸巾擦泪，KFC 的，估计是和小周到 KFC 去顺手拿出来的。擦完了，他又把纸巾放回口袋里去，这才蹦出一句：那孩子不是我的，是苗导的。

我一愣：是苗导的，你操什么心？

他深深地把头低了下去。

我突然意识到什么。有什么比一个男人的尊严更重要呢？

我掏出两千块钱借他：让人家姑娘吃好一点，补一补。

三

由于老徐对小周所做的事，现在更没有人质疑他下面有问题。而苗导的老婆，也没有再和苗导闹离婚，生活上各取所需。但苗导对老徐的态度明显好转，不但把以前拖欠的工资还了，还发了三百块钱给小周补身子。这让大伙惊讶不已，都说苗导也有善良的一面。过几天，苗导又给大家派发了避孕套，还开了会，在会上苗导对大家进行性教育，说有些外来女工认为事后用自来水冲洗就可以避孕，这是不对的；更有些女工荒谬地认为，事后服用凉茶可避孕，这也是不对的。虽然凉茶说明书上写着孕妇忌服，但凉茶只能降火，不能防止大肚子。

会后，大伙对老徐说：苗导这次是冲着你来的，以后别让小周喝凉茶了！老徐嘿嘿地应付着，虽然有些尴尬，但看上去显得精神饱满。

冬天的风开始在这座制造业名城吹过，天上的云被搜刮干净，晴空万里,碧蓝一片,直到傍晚才被霞光烧得通红;白色的鸟飞过这座城市的上空,越飞越高。我想起故乡的石板路和瓦片屋顶。青蓝色的瓦片,覆盖在屋顶上,就如接连不断的波涛——城市里再也没有瓦片了。

这期间,我的地下小赌场被警察查封了两次,正在考虑改行。看着老徐白天穿着各种朝代的衣服,扮士兵狱卒,东奔西跑,晚上就回家陪小周,我感觉自己似乎没有活在人世间。

老徐的变化间接影响了铁莲。苗导已经对她失去了兴趣,“以前是别人的女人,偷一偷觉得挺刺激,现在她和老徐离了婚,总感觉少了些味道”,苗导出入她的房间的机会渐渐少了。和老徐离婚时,铁莲拼死都要把儿子强强留在自己身边,她知道苗导不是长久的依靠,万一日后年老体衰,儿子就是最好的保险。但不想这靠山倒得如此之快,没几个月,苗导就嫌她腰太肥、腿太粗,总之中年妇女的一切毛病,经过他的嘴说出来,简直成了莫大的罪恶。吵了一架以后苗导就不来了。

铁莲寻思着还是回到玩具厂去工作,但这日子一天比一天难过。家务,孩子上学,还要工作,她开始骂小孩。8岁的强强忍不住,回了一句:只会偷汉和骂崽!铁莲气歪了,但一想,并没有错,还必须找姓苗的寻条活计。

四

苗导当然不会给铁莲什么青春赔偿费。铁莲到苗家闹了一通，本以为苗太太会火冒三丈，没想到人家不愠不火地回应了她，以柔克刚，端坐在那里听铁莲一把鼻涕一把泪讲述故事经过，微笑点头，给铁莲递纸巾，最后替苗导向她道了歉，临走，还塞给她一袋水果和茶叶。

刚开始走进苗家，铁莲注意到自己的玩具厂工服与苗太太的旗袍很不相称。从苗家出来，铁莲这些天来的阴霾都烟消云散，整个人像被熨过一般，服服帖帖，心里有说不出的舒服。

第二天，我从本市的报纸上赫然见到一张照片，是一起凶杀案。血泊中那个女人身上穿着玩具厂的工服，工号4836。在她身边，苹果和茶叶撒了一地。“据知情人士称，歹徒用刀捅伤这位外来打工妹后，还大叫住手捅错人了。警方调查人员初步排除仇杀……歹徒在慌乱中认错人的事时有发生。”

送到医院，铁莲失血过多，不省人事。老徐不顾小周的反对，去照顾她。“你现在出现，这事情你就得管到底，你怎么知道她要昏迷多久？你们已经离婚了你知不知道？”“我不管，谁管？这个城市，她没有别的亲人了。”抢救的费用，花光了老徐这些日子辛苦积蓄起来的工资，这钱他本来打算结婚的。小周到医院来过一次，老徐见她红着眼圈，以为她要来闹事，结果她把自己的私房钱塞到老徐手里，一句话都没说就走了。老徐拿着钱呜呜大哭起来。

但这些钱,除了将铁莲的工作服换成了病人的衣服之外,并不能阻止一条生命的流逝。临死的时候,铁莲醒了一次,紧紧握住老徐的手,热泪盈眶,只挤出了两个字:强强。

她指的是儿子强强。强强还在念小学,昨天妈妈踩单车来接他时,在校门口跟他的所有同学告别,说再见。回去以后,第二天就真的死了。强强对这件事想了很久,他哭了一阵,哭完了就沉沉睡去。第二天下午,强强的老师对同学们说:他一定很伤心,所以不要提他妈妈的事,懂不?班里的孩子们都懂事地点了点头。强强得回去上课了。到学校之前,老徐对他说:如果同学们安慰你,那么你一定不能流泪,要坚强,并要对他们说,谢谢你们的关心。但整个上午,没有人对他提起什么事;整个下午,同学们也都若无其事。面对冷漠他终于憋不住,下课了,他对旁边围在一起走飞行棋的同学说:

“我家里出了大事,你们知不知道?”

“我们都知道啊,你妈妈死了嘛!”

强强听了,哇的一声哭了,忍了一天的泪水,控制不住地往外涌:悲伤、委屈、孤独……他想起有一次,妈妈带他到阳台上看流星雨,狮子座流星雨。强强说这是星拉屎,把妈妈笑得肚子痛。他第二天告诉老师,我看到星拉屎了,却遭到一顿批评:不能说粗话。于是,他越哭越大声:“我要和妈妈一起看星拉屎……”惹来同学们的一阵阵笑声。

五

苗太太很不简单,一手抚慰铁莲,一手积蓄力量找证据,闹离婚,分财产。其实她并不是真想离婚,只是想给丈夫施加一点压力,别让他总是逍遥法外,夜不归宿。可她想不到的是,自己的丈夫居然毫不犹豫地在离婚协议书上面签字。她气得直发抖,把协议书都给撕掉了。

苗导从家里出来之后最想做的一件事,就是把老徐从影视文化公司开除出去。老徐还不知道自己就要失业了,他正在边帮忙搭建背景架,边给新手传授经验,什么别盯着镜头看,别跑出去抢镜头,等等。他没发现苗导已经站在下面。苗导说:下来!

老徐指着自己的鼻子:说我吗?

不是你还有谁!

哦。他应了一声,正准备从背景架上下来,苗导大叫:慢一点,手脚轻一点,架子没搭好,太用力会倒塌。我就不懂,都是妈生的,你怎么就那么笨呢!

老徐又哦了一声,蹑手蹑脚地下来了。

苗导劈头盖脸就问一句:你老婆死了?

老徐愣住了,点了点头。

她要死怎么不会把我老婆也杀了呢?

老徐开始意识到老板今天心情不好，是故意来找他麻烦的。苗导又接着说：她要死，怎么会想着先捅出乱子，不会想到灭掉几个人呢？

老徐摇了摇头。

看到边上还有两个工人在看着，苗导对他们说：你们先走，你们先下班。两个工人巴不得可以溜，一眨眼就没影了。

苗导一个巴掌扇过去，打得老徐有点晕眩。他的目光越过苗导光秃秃的头顶，看到了美丽的夕阳。

苗导又甩出一句：性无能的家伙！

这一句把老徐给激怒了，他满脸通红，头一低就朝苗导的大肚子撞过去。苗导在地上翻了个筋斗，撞在背景架上，背景架晃了两晃。

老徐终于意识到冲动是要被惩罚的，连忙跑过去，想去扶他的老板。可是苗导一甩手，自己站了起来，冷笑说：一会你去财务拿工资，然后给我滚蛋，别再让我见到你！

老徐一下蔫了，哀求了几声。

就在这时，一阵风吹来，晃了两晃的背景架终于撑不住了，轰然往两个人身上压过来。老徐眼明手快，一把将苗导推开。苗导被他第二次撞倒，又像一个球一样滚到一边去了，正想发作，却看到那个巨大的背景架咣当一声稳稳把老徐压住。他吓得两眼圆睁，说不出话。

老徐在底下还有气，弱弱地说：快去叫人啊！

苗导跌跌撞撞地爬起来，掏出手机，跑了出去。

四野里重新拥有寂静。如果这次能活下来,苗导应该不会再赶走自己。夜和寒冷一起来了,老徐感到有点口干。他试着动了动左手,居然还能动。他哆哆嗦嗦地把左手伸进口袋里,里面有三颗大枣。他一把摸出来,静静地躺在那里,把三颗大枣全部吃完。

红焰

一

刘春眉说:你很恨我。我没有。刘春眉拿起汤匙,她喝了一口汤,她又喝一口汤,才说:我从你的眼神中看出,你很恨我。我没有,林脆儿说,我没有,你总是怀疑我。

从那死鬼走后,你就一直恨我——没有——没有?没有你那两篇文章是怎么获奖的?都怎么写的?你妈现在不就成了大罪人了,成了老巫婆了?读大学了,现在会飞了,了不起了,会写文章,会拿你妈来开刀了,把我都写到文章里去了,去宣传啊,去让全世界的人都知道你妈多坏!那死鬼残废了关我什么事?又不是我撞他的,是他自个儿跑过去让车撞的!离不离婚我有自由你懂不懂的,大学生!刘春眉啪地把筷子往饭桌上一拍,桌上的碗啊盆啊都颤抖了一下,汤溅了出来,弯弯曲曲地在桌子上缓缓移动,终于顺着桌沿滑落,滴在林脆儿白色的裙子上。林脆儿浑然不觉,只低头吃着饭。

见林脆儿动都没动,刘春眉意识到可能强度不够。刘春眉继续说:你顾叔叔是好心,来拉他一把,你说,一本万利的事,他不做!十几年前还不是风风雨雨都跑过来了,那时多风光,从农村一下就搬到这里,那时多风光,可现在,现在你看看我们这房子,这是人住的吗你说?自从有了你,他就不干了,不做事哪来的钱?他林整除了这一行,他还有什么本事?还不是要住这破房子!离婚怎么着?这是个人自由!

林脆儿还是端着饭碗,小心地嚼着饭。刘春眉气顺了一点,重新拿起筷子夹菜吃饭,吃了几口突然又想起什么事,问:文章获了奖,有没有奖金?

林脆儿没有抬头:你偷开了我的抽屉?

开了又怎么样?什么是偷?在我自己家里我开个抽屉怎么了?我还当你有什么私房钱,还不是一抽屉的打火机,还宝一样藏着——那死鬼收藏刀,你收藏打火机,父女一个洋相!他林整整天玩刀,也不见得敢杀人。你收藏打火机做什么?还想把这房子给烧了不成?……吃了饭把碗给洗了,然后就回学校去,你顾叔叔一会就过来了,你今晚就别在家里住了,回宿舍去。

昏暗狭小的楼梯总让人感到是在肠子里行走,仿佛再往上爬,顷刻就可以看到口腔。林脆儿顺着楼梯一顿一顿地往下走,像一团排泄物一样身不由已恍恍惚惚。在肠子里谁都渴望阳光,但走出门时,她突然对投在大地上的那片热辣辣的阳光感到恐惧。

二

故事在一个夏日推行。阳光下的故事总容易自我圆满，而这正是我讨厌的。我讨厌密密麻麻的叙述，不留一点缝隙，就如口渴时遇到拧得太紧的水壶盖子。但故事还是在一个夏日推行，容不得别人插嘴。

在那个炎热的下午，林脆儿只身一人穿过碧河镇苍蝇乱飞的市场，耳边听到的是过时的流行音乐。拐进学校旁边的小巷，林脆儿远远就看到韩石松蹲在小屋门口的大树下，大概在磨印石、雕刀一类的东西。

从家里回来吧？你获奖的那篇文章我刚看过了，没想到你写得这么好！

不意外吧？就知道你眼中我都很蠢！跟你这么久，你什么时候欣赏过我啊？你就知道篆刻，就只知道摆弄石头和小刀！林脆儿也不知道自己为什么会发这么大的火，她只觉得空气变得很不习惯。

韩石松站起来，转过身看着她，眼神中充满不可理解的委屈：你今天怎么啦？说你好也不是，不好也不是，你要我怎么说吗?!

对不起。她伏在他的肩膀上哭了。很伤心地哭了。

你这是怎么了？不是刚从家里回来吗？这刚才不还是好好的吗？

对不起，我也不知道。

三

在这个故事里，在小屋之中，林脆儿和韩石松拥有了一份绝望的爱情。林脆儿悲哀地感觉到，当一个人拥有了性，就失去了对爱情的感觉和幻想。或许我们总会淡淡地失去爱情的感觉。

林脆儿手盘着韩石松的脖子，把脸贴到他的胸口，食指在这个男人的肚皮上画圈，一圈又一圈。韩石松有点吃痒：嘿嘿，你这是挑逗啊你，还想要？

讨厌，不要！越来越觉得做爱都没有想象中那么好。

很多东西都没有想象中好。

说说，你想象中做爱应该是怎么样的？

韩石松没有回答。他说：我昨夜又梦见火车了。

每次都说梦到火车，你自己不是说连火车都没坐过吗？一个大男人，火车都没坐过。林脆儿抬起头，在他的唇上吻了一下。我爱你，大男人，我们找个机会去坐坐火车好吗？我想去西宠看看我爸。

去西宠？要让我陪你去就去呗，找那么多理由干啥？哈哈，去，把烟给我递过来，在那呢。烟鬼！好不好吗，陪我去看我爸？好好，去坐坐火车也好，就不会老梦到了火车了，对，怎么你从家里一回来就哭了？跟你妈吵架了？摇头。打你？没有，她从来不打我，她脱我衣服。

我穿上新裙子在照镜子,她喊我,我没听到,她冲进来扯住我,脱我的裙子,说:打扮?想当妖精是不是?告诉你,仙女脱光了也是一团俗肉!但都是过去的事儿了。

脆儿,你恨你妈吗?不,我很爱她的。停了一会,她又说,我真的很爱她的。松,我们不说家里的事好吗?我给你讲故事,讲城堡里的巫婆,是小山讲给我听的。小山说,城堡里有一个巫婆,成天在她的口袋里制造一种风,如果让巫婆的风吹过你的身体,你就变老了,像一块熟透了的卤肉一样,俗不可耐。假如那风吹过你的脸,你的脸就布满皱纹;吹过你的头,你的头发就花白;要是吹过这里……林脆儿一把抓住他的裆下,它就动不了啦,哈哈……敢动我,丫头不怕死……哈哈,别挠我,哈哈,饶命了别挠痒痒,我继续给你讲故事,我继续,你要尊重文艺工作者的劳动,人家这给你讲故事呢!别挠!接着接着,小山说,巫婆整天在城堡的门口,剪着脚指甲,她的脚指甲一天能长一尺,每天早晨,我们都能听到她拿着一把巨大的剪刀剪脚指甲的声音,滴答滴答,她的指甲越长越长,越长越快,她就这样整天忙忙碌碌……

四

小山说,故事总是从坏女人开始的。

小山不但偷偷教会了她吸烟,而且,临走的时候,把他收藏多年的打火机,全部送给了她,沉甸甸的,一大箱。小山气喘吁吁地帮林脆儿搬上楼,在她房间的地板上,哗地倒了一地,再一个一个地摆好。林脆儿在旁边看着,她感到了一丝温暖而熟悉的气息,在这些一行行排开的打火机中间。这些打火机不仅有十几个国家的品牌,而且有各式各样的造型:大提琴、小提琴、灭火器、斧头、螺丝、花瓶、酒桶、车轮、钥匙、高压锅、高跟鞋、皮靴、蟹腿、话筒、电灯、剃须刀、铁锤、手提包、烟斗、扇子、领带、电吹风……她被它们征服了。她爱这些奇奇怪怪的打火机,就像她爱小山这样一个奇奇怪怪的男人一样。她爱它们,也爱它们吐出来的火焰。一个人的时候,她把脚放到书桌上,在椅子上斜躺着,玩弄这些红色火焰。好看的火,就如同虚构的一样。她开始收集打火机,她不自觉把烟戒了。

爱上打火机,就应该离开烟,大概就是这样。她想。

小山走的时候对林脆儿说,你要好好爱你妈妈。小山说,故事总是从坏女人开始的。但女人不是一开始就坏的,都是一点一点地坏起来的。所以人们爱女人也爱故事。说话的时候,小山像一个成熟的城市男人,一点都不像是十八岁的样子,他具备了一切早熟的男孩说话的风格。

五

我爱你。林脆儿说。

韩石松笑着说:有多爱?语调平静。

像月光下的鸟儿一样爱。

你愿不愿意和我一起受苦?

只要你愿意,我愿意跟你一起受苦。说的时候,林脆儿望着窗外,窗外比屋里亮了些,但她知道,那儿也属于黑暗。夜来了,这个世界就属于黑暗。

他们紧紧地抱在一起。韩石松说:明天我去交房租和电费。

林脆儿说:如果我怀上了怎么办?你每次都不戴套!

不会的,傻瓜,不会的。戴套不舒服,你说穿着雨衣洗澡舒服吗?

不会不会,老说不会!万一会了怎么办?!

娶了你,把孩子生下来,怎么样?韩石松奸笑了两声,嘿嘿。

你讨厌!

不讨厌不讨厌,你看我们手腕上都有一个等于号。韩石松说着抓过林脆儿的手腕,又把他的手腕凑过去,果然,韩石松的左手,林脆儿的右手,手腕上都有一道“=”形的刀疤,约一寸长,十分显眼。韩石松又嘿嘿地笑了:男左女右,天造地设的一对!不迷信也得迷信了,你看这疤痕,我用雕刀来刻都没有这么好。我爸妈是不会这么狠心去割我的手腕的,你爸妈有这么狠心?这不是天造地设是什么?冥冥中就要你遇上我……

林脆儿想起刘春眉,说:那可不一定。

什么不一定?别跟我说你这疤痕是猫抓的。

没什么,我是说我爸年轻时收藏刀,他爱刀如命。

六

里面的房间用三合板隔开,隔成两间。

一间林脆儿用来睡觉,另一间刘春眉用来睡觉。

外面的一间,承担了客厅、厨房和餐厅三个功能。夜里,林脆儿坐在房间里,她能清楚地听见刘春眉换了睡衣,趿上拖鞋,进厕所尿尿,冲水,趿着拖鞋回来,上床,一声长叹,然后是呼噜声,长长短短的呼噜,像黑夜里两扇一开一合的翅膀。

顾叔叔来的时候,林脆儿就被轰回学校。顾叔叔能够忍受她的呼噜声?林脆儿想,也许都有一个过程。林脆儿突然有一种渴望,渴望在顾叔叔来这里的夜晚,也待在房间里,听自己的妈妈发出什么样的声音。她应该也叫床,是女人她就叫床,她想。

七

顾叔叔坐在藤椅上。顾叔叔招呼林脆儿说:脆儿过来,脆儿过来这里坐!

顾叔叔整个人舒服地靠在藤椅上,一口烟吹出来,满屋子的烟味儿。顾叔叔的声音充满磁性,非常好听。他干脆把整颗头颅靠在椅子上,眼望着天花板。他把腿换了一下,左二郎腿变成右二郎腿。顾叔叔说话了:脆儿啊,你也有二十一岁了吧? 二十一年啊,我是看着你长大的……

林脆儿伸手拿起茶几上的荔枝,掰开,荔枝水灵灵的,汁流出来,她低头用嘴嘣了一下,发出很大的声响。刘春眉在她身后拖地,伸手在林脆儿的后脑勺上打了一把,本来送到唇前的荔枝滚得老远:顾叔叔在跟你说话呢,你还吃荔枝……

不急不急,我这不跟她说得好好的? 你拖地,别管我们,别打孩子!

林脆儿仿佛什么事都没有发生,她重新拿起一个荔枝,掰开,依然是水灵灵的,白色的汁在上面滚动。但林脆儿突然感到一阵恶心,把荔枝丢进了垃圾桶。

顾叔叔重新把头靠到椅子上,他深深地吸了一口烟,呼出一个烟圈;食指轻弹,烟灰在空中如雪花飘舞,很好看。顾叔叔说:脆儿啊,你不能怪你妈,也不能恨她,她一个女人家,也不容易,当你长大了,你也就懂了,有一种东西叫命,命! 懂吗? 你妈是一个好女人,你懂吗? 你小时候她不容易,你大了她更不容易,阻止你和小山,都是为了你。长大了你就懂的,长大了你就什么都懂的。

八

小山也说,有一种东西叫命。小山说,城堡里的巫婆有一天早晨醒来,发现她的指甲已经弯曲地生长在她的周围,她的身体也被生长的指甲托了起来,停在半空。小山说巫婆的指甲已经太长,她的手脚已经无法动弹。小山说,城堡里的巫婆终于被自己的指甲困住了,成为一块俗肉,这就是命!小山说的时候很激动。林脆儿一直死死凝视着他,一动不动。

九

火车在轨道上跑。

韩石松的呼吸渐渐地平静下来,他说:我小时候一定坐过火车。林脆儿依偎在他怀里:别乱想了,我的雕刻家,我的艺术家!一会就到了,一会就可以见到我爸!

你多好,虽然你的父母分居两地,但你至少知道你的父母是谁。

别说傻话了,你不也有父母吗?不是亲生的但到底也是父母呀,天底下还有很多孤儿呢。再说,谁生下来不都是一个人,孤独的,知道父母又怎么样?

他说:我应该坐过火车,不然就不会梦见火车了。报纸上都说了,人贩子都是给小孩给吃安眠药,再用火车运走的。

他对她说:我的生父应该很有钱。

他对她说,他总是想到长长的火车。他说:坐火车也不过如此,跟我梦的差不多。

林脆儿说:你每次做什么事情还不是说你以前做过、发生过? 真得去验验,你到底是不是梦游啊你? 我看你啊,傻呆傻呆的,迟早都得完蛋!

十

顾叔叔进来时,林脆儿正在开窗。

顾叔叔说:小丫头,怎么我每次进来你就跑去开窗?

有吗? 凑巧吧。过了一会,林脆儿突然抬起头:顾叔叔,我们聊聊好吗? 你能告诉我,我爸和你,以前是做什么的吗?

在外头跑一些运输的生意……辛苦啊,都是辛苦赚来的钱……你是大学生了,到时候是做学问的,不用流汗,不像我们这一代,拼死拼活的……这做学问,首先是学做人……

别说了。脆儿感到沮丧。你什么都不想说,你害得这个家支离破碎。

十一

小屋。屋外是连绵的雨,很细很密。

我爱你。

不要太爱,不要太爱我。在黑暗中躺着,韩石松紧紧地抱住她,紧紧地抱住她:我怕你受伤。像月光中飞翔的小鸟。

开始恋爱的时候,你不是这样的。开始恋爱的时候,我也不是这样的。说真的,阿松,我一直在思考这个问题,我吃不了苦,你知道,我可能没法陪你一起受苦。

朴素一点的生活吧,我想应该不会受苦。毕业了白手起家,家里不可能帮我什么的,开始朴素一点吧,不会苦。

你不能给我一个永远,你一直在骗我,你这么精明的人怎么可能不知道我们是不可能的?

我没骗你。

从一开始你就知道了,你家还有弟弟妹妹要读书,你不可能那么早结婚……

给我时间……

你骗我……

给我时间……

对不起,对不起,我爱你,对不起……

十二

一个蚊子就是一场噩梦。韩石松起后所做的第一件事不是上厕所,而是抓蚊子。平时他总是伸手一抓,手掌心就有黏糊糊的蚊子的血,但今天,他一个都没抓到。当然,蚊帐内的蚊子在十个以内是不碍事的,不用去抓它们。今天要陪林脆儿坐火车,去看她的父亲。

十三

火车在铁轨上跑,像一个来自远古的故事,在时间的轨道上跑。

韩石松说:喂,起来说说话,别睡,一会睡着了错过站怎么办?

没睡呢,怎么敢睡?在想我爸。

你来过吗?你怎么知道你爸在这里?

来过一次,姓顾的带我来的。他说要我理解他,他说他没有破坏我家的幸福,他说我妈跟了他会更幸福。我说那你带我去见我爸,他就带我来到这里。我拼命地认路,但我答应他,只是在篱笆外面偷偷地看。我爸很威风,在教人家打拳哩。

打拳?

是啊,姓顾的说我爸以前是村里的铁汉,年轻的时候他单凭一条腿,就镇服了三条使棍的汉子。我爸和我爷爷一样厉害,他就是在那时遇到我妈的,只是他现在没法用腿了,他腿废了,车撞的。和我妈离婚时被车撞的。姓顾的说,我爸是故意过去让车撞的。你觉得有可能吗?自己拿腿让车撞?哄鬼还差不多!小山说过,大人都骗人的。那时我还小,他们就骗我。

你在篱笆外面看,你爸知道吗?

他一定知道,他一定知道我来了。他是我爸。

十四

说，你是不是在学校外面跟人家同居了？

……

十五

松，我们做爱吧。

呵呵，今晚不行，危险期，你子宫里那个该死的卵子正在等着哩，它用心险恶，可能还在偷笑，不行不行！

我要！

喂，还真来，强奸啊，哈哈，还来真的……没避孕套，别……

不用了，别披雨衣洗澡……

……

哭了？刚才还不是好好的，怎么就哭了？每次都这样，你不是说了不为男人哭泣？听话，别哭。

她哭得更伤心了。他放慢了抽动。她说：你以后找女朋友，千万别找漂亮的，漂亮的都娇气，就爱无理取闹。她说：你要找性格好一些的，她会照顾你，会陪你一起吃苦……毕业后我们就分手吧，我等不了你——我们对时间和空间都是没有信心的——明年毕业我们也就分手吧……

韩石松没有说话，猛烈地抽动起来。抽动让他想起草原，想起小时候在田野里拔萝卜。窗外听声音好像下雨了。他吻住了她的眼泪，咸的。她说：我爱你，你不知道其实我有多舍不得你，你是我的，你不知道我有多害怕失去你。

十六

别涂什么唇膏、面霜了，要不直接涂到我的唇上，一会我吻下去，它就均匀地在你脸上啦。

好讨厌啊你！

他们不习惯抱在一起睡。他们各自睡了，各自盖各自的被子。

明天醒来记得抱我哦。她说：我很怕哪一天醒来，抱不到你。

睡吧，乖！以后你发脾气就得罚两块钱。

好，但我一个星期不发脾气你就得给我五块钱。

在这个多雨的夜，他说：我想娶你为妻。那夜他们一起想起白菜——我们曾双双跪在一座莲花雕塑前许愿，富贵安宁永不分离。而她偏说那不是一朵莲花，是白菜。他回头远远望去，还真像一棵白菜，他们不禁相视大笑。时光还是在我们快乐和不快乐的时候流走，它走得是那样均匀，以致我们都变得麻木。

他们清楚，当校园爱情碰到社会的时候，很多感觉都会灰飞烟灭。韩石松说，爱情太脆弱了，像荷叶上的水珠一样，左倾右摆，总得小心翼翼地搀扶着，但就在你转过身的时候，阳光一照，回来时你已经再也找不到了，没有痕迹，就这样去了。

林脆儿良久才说，你要好好爱我。

十七

小山说，当你拥有了一份绝望的爱情，你就会像城堡里的巫婆一样，被自己的指甲托起，飘浮于高高的天空。一些东西在疯狂地生长，但一些东西也在不断地老去——四望空茫而无可奈何——有一些感情是外展型、建设型的，有一些却是内耗型的。我们对谁都没有信心，我们永远感到绝望。我们正在慢慢变得无力，岁月正在使我们对时间和空间失去感觉，也对时间和空间产生惰性。我们已经无力回忆，也无力再去召唤远方的人和事。连一个电话都会使我们疲惫，岁月就是这样使人绝望的。那是一把极端温柔的刀。小山说，知道太监吗？——人都要那样被阉割的。

小山说，邪恶总是在黑暗中生长，指甲也是。

脆儿说，被指甲托起的感觉一定很爽，应该能看到远方迷茫的山峦和有雾的田野，以及一些以前看不到的东西。脆儿笑了，很灿烂的样子。

十八

火车停了。火车只在这个小站停留三分钟,他们急急忙忙地下车。下车的时候,韩石松看到铁轨上有黑黑的干屎橛,问:这里有屎!这么诗意的铁轨居然有屎!有猪来这里拉的?听不出是故意装傻还是真的很傻,林脆儿笑了一声,朝火车努努嘴说:喏,人拉的。

林脆儿拉着韩石松的手,穿过了一个如天涯尽头一样破落的小镇。小镇的名字韩石松记不得了。只记得小路上的人看到他们俩拉着手,露出不可思议的眼神。韩石松觉得有点不好意思,林脆儿却走得飞快。阳光照在她的脸上,有旁若无人的自信。韩石松看到林脆儿飞扬起来的发梢,除了不好意思,又觉得很美。这是两个少年,他们曾在一个年龄里,手拉着手,走过某条小路。事情就是这样,并不复杂。

当走过一片田野的时候,他们惊飞了一只鸟。那只鸟飞起来,叫了几声,看不清是什么鸟,但韩石松觉得那情景,美得让人流口水。这使他有点迷糊,并想到其实一个人除了拥有绝望的爱情之外,还可以拥有一只鸟飞起的感觉。至于这是什么感觉,谁都说不清楚。

原来这里有树藤,林脆儿在转过一片山坡时突然说,大概那时候它是枯的,我看不到它,现在它绿了就看到了。

韩石松自言自语地说,爱情终究是装饰品,而不是生活的必需品。

没听清楚,你刚才说什么来着?

没什么。我是说生命中有很多说不清楚的东西。

你傻掉啦？他们都笑了。

十九

我的那个这个月到现在还没来。

什么没来？

那个……例假！笨蛋！

哦，你什么时候正常过？他捏了一下她的鼻子，笑了。

不是，我是说……会不会怀上了？

你听说过潘金莲怀孕吗？——坏女孩都是不会怀孕的，嘿嘿，睡吧傻瓜！

哦，那潘金莲怎么不会怀孕？

因为花木兰、祝英台都是平胸啊。

什么逻辑嘛，怎么跟她们扯上了？——你笑我胸部小，你讨厌！你还笑……就笑，就笑你的小笼包，就笑你的豆腐渣工程，哈哈……她的粉拳就扑过来，一个跑一个追，在校道上，像两只快乐的蝴蝶。

二十

火车在铁轨上跑。

我到现在才发现你今天穿了裙子。你喜欢穿裙子？

林脆儿没有回答。她说：松，知道吗？其实我总感觉你拥有一个美好的情感世界，只是我一直都没有走进去，虽然我们抱在一起。沉默。很久，韩石松说：我也是。又过了一会，他说：也许小山走进去过吧？

我也不知道。

二十一

小山说，那个住在城堡里的巫婆，剪指甲的时候，听到那清脆的声音，看到指甲落地的样子，一定有收获的富足。那一定是她一天之中最开心的时刻，我想。邪恶和指甲总是同时在黑暗中生长，小山说。说话的时候小山的样子最帅，脆儿想。

林脆儿说：我妈扯掉了我的裙子，我说不要，她还是扯。林脆儿清楚地记得，那是午后，阳光出乎意料地把幽暗的屋子照得雪亮。林脆儿清楚地记得那个午后的阳光曾经给她带来一片空白眩晕的记忆。刘春眉嘴里唠叨着在她的面前，刘春眉的手指飞舞着，像尖刀划过玻璃的声音一样，划过了她的空白。林脆儿突然发觉自己赤条条地站在明亮的屋子中间，刚刚发育的小乳房不争气地翘在那里。她哭了，被剥夺的委屈塞满了整个胸腔。刘春眉说：还哭呢，金贵了？嘴巴刚离开我的奶子就金贵了？就爱把你剥光，看你骚！你就骚给我看！怎么着，想报复啊？这会压不下，那你长大还得了，还不反了你？

林脆儿说，在镜子的前面，穿着裙子，她开始觉得自己是一个成熟完美的女人。当然，成为一个女人有什么好，她自己也说不清楚。

林脆儿说：很久了，我总感觉她不是我妈，但我很爱她。

二十二

你是不是在学校外面跟人家同居了？问你话呢，听到没有?！刘春眉怒气冲冲。顾叔叔一边喝茶一边悠悠地说：不急不急，还是孩子嘛。刘春眉回头瞪了他一眼，吼：不急不急——你就知道说不急不急……

你先告诉我，我爸是不是人贩子？是不是?！

谁说的？是不是小山跟你胡说什么？

你先别管谁说的，这事压在我心里很久了，你告诉我，我爸是不是人贩子？

当然不是。刘春眉说：哈哈，终于连他林整你都怀疑了。

二十三

脆儿，还有多远？

喏，就到了。喏，那，就那，看到没有？那篱笆，田野中间那个！

为什么要住这么偏僻？

学拳的都是镇上的混混、帮派什么的，我也说不清楚，反正姓顾的说，闹中取静，可以种田，也是教拳的好地儿。

脆儿，要不你进去就行，我在这等你，你见了你爸就回来，我在这等你。我不想进去，进去了我也不知道说什么，我也不知道，反正，我不想进去。他越说越小声。

林脆儿抬头望着他，刚才的笑容瞬间僵住了——海面的乌云在聚集，很快地，天就阴沉下来——林脆儿头一扭就往回走。

韩石松愣了一下，追上去：不是到了吗？进去就可以看到你爸了，你不是很想见你爸吗？怎么往回走啊你这人？你停一停行不行？我错了还不行吗？

你别拉我！我说你别动我！

韩石松又愣住了，伸出去拉她的那只手停在空中，呆呆看着她走在回去的路上。他看到鸟仍然在田野的上空飞，还有一些枝丫在天空生长。韩石松想，它们应该有时候长得快些，有时候长得慢些，总之，有一天总是能够遮住天空的。那时，天就黑了。但回头又想，自己想这些东西做什么？我们很多时候都不知道自己在做什么。

二十四

小山说，年轻的时候城堡里的巫婆拥有硕大无比的乳房，走路的时候，她总是仰着身子维持平衡。所以，夏天的傍晚，她在田野中散步乘凉时，总是最先看到天空中隐约的星星，还有跟在她头顶上的嗡嗡鸣响的那群蚊子。巫婆对这样的状态一定感到满意，满意的时候她就打一个长长的哈欠。

小山说，巫婆老了的时候，乳房就干瘪下来，一抓，就像一大团抹布；一拉，又像一条绳子。所以，冬天的时候，睡觉前巫婆总是把左边的乳房向后一拉，当枕头（小山做了个枕着枕头睡觉的姿势）。再把右边的乳房向下一披，当被子。当然，有时候也把右边的当枕头把左边的当被子。但多数用的是前一种，习惯了嘛，比较舒服。

听到这里时，林脆儿咯咯地笑起来。

小山说，可别笑，这是哲理。脆儿总觉得，小山是一个模糊的人。

小山说，我们都有中度抑郁，按理得吃药。

二十五

顾叔叔说：你要理解我，我没有使这个家支离破碎，是林整，他没有尽到做丈夫做父亲的责任，他是个失败的人，当然，在这我不说他的坏话。总之一句话，我爱你妈，我没图什么，我怎么会让你的家支离破碎呢，对不对？

那你告诉我，我是不是我爸的女儿，亲生女儿？

刘春眉在一旁接过话，冰一样冷：你是不是林整的女儿我不知道，我可没有你这样的女儿。我是一个粗人，没念几年书，这么老大也不懂得玩打火机，不会想把这房子给烧了，不会写文章骂自己的娘……

林脆儿看着刘春眉的嘴巴，这张运动着的嘴巴就扩大了，撑满了整个空间，撑满了林脆儿的大脑和世界。

林脆儿觉得什么都有了，又什么都没了——这种“什么都有了，又什么都没了”的感觉，假如你溺过水，就能够完全理解。

二十六

你说，我们如果……如果我们……

你怎么啦？

她抬起头，望着他：如果我们是兄妹怎么办？她举起她的手，手腕上有赫然的刀疤。她也拉起了他的手。他手腕上也有疤痕。刀疤是一个整齐的“=”号，刀疤上面很光滑，白色油亮，不长体毛。

韩石松淡然一笑：又来了？你看你，都叫你别看太多小说啦，又杜拉斯又卫斯理，这回中毒深了吧？整天魂不守舍就想这些……

你就知道拿把小刀雕来刻去！你知不知道——我爸是个人贩子，说不定我也不是他的女儿，说不定我也跟你一样，是被买来的……

哪有那么巧？什么说不定说不定，哪来那么多说不定？我雕……

小山说的！临走时小山说的！

别整天小山小山的！在我面前谈另外一个男人，你有没有顾及我的感受？

韩石松你混蛋！

韩石松将视线转向别处，避开她的眼神。良久，他站起来，叹了口气：好啦好啦，是我不好，这次不扣你两块钱总行了吧？发脾气不扣钱，你这不是赚到了，呵呵。

韩石松你混蛋。她哭了。韩石松你混蛋。她哭着说。

他搂住她。

韩石松你混蛋……我去妇幼所测了……我有了，医生说两个月了……韩石松你混蛋，我在想要不把孩子生下来，但是，但是，你要是我哥怎么办？怎么办？韩石松你混蛋……

她的指甲掐进他的手臂。韩石松已然不知疼痛。手臂总能在某个瞬间不属于自己，就比如指甲，没有痛感——邪恶总在黑暗中生长，指甲也是。

二十七

早上，小屋外面阳光灿烂。

林脆儿蹲在屋内的厕所里。韩石松蹲在她的对面，看着她苍白的脸和无神的双眼。

会出来的，我那朋友说了，这是祖传的药方，很多人用过，挺灵的。说是吃上两天，一定能排出来的。

那……那如果没排出来会怎么样？

上医院。这么久了，如果再不出来，就得去医院。但可能要……

刮宫了。

刮宫痛吗?

应该很痛的。

松,我怕痛,要不我们不要这样?

韩石松满眼是泪,周围的一切看起来十分模糊。

太阳的光线垂直的时候,门开了,韩石松捧着盆子走出来。他一直不敢相信,盆里红色的血液中,那团白色的肉,竟是自己制造出来的。

二十八

路上。

路上她沉默不语。

他也沉默不语。

他只是紧紧地搂着她。

二十九

雷雨夜。停电了,漆黑一片,人一下子就回到了童年。林脆儿坐在房间的中央,坐在完整的黑暗之中,一明一灭地玩弄着手中的打火机。刘春眉的呼噜声一声紧似一声,越过窗外传来的雨声,缠住了她的耳朵。

这天晚上她穿着裙子。小山说,邪恶总是在黑暗中生长,指甲也是。小山说,有一些人可以不依靠任何东西就可以听到一曲幽歌,歌声在脑壳中生成,数日不散。

在黑暗中,人容易一下子就回到童年。

一阵雷,很响。刘春眉的呼噜声停了。刘春眉在隔壁踹着三合板:砰砰!去,关窗去!

林脆儿赤脚走了出去。她手中的打火机仍然是一明一灭。打火的时候,总有嗒啦的响声,很清脆。刘春眉在里屋又模模糊糊地喊了一句:玩打火机,想把这屋子给烧了啊?

那夜屋子着火了。火光冲天。邪恶在火光中生长——用小山的话说,所有我们意料当中的事,总应该不可避免地发生。就这样,一个故事变成报纸上的一则新闻,而在今天,每一则新闻都让我们错愕,认为那不可能发生。

三十

刘春眉逃了出来,她说,脆儿用棉被包住她,把她从窗口推出来。太惊险了!她坐在椅子上描述,两臂张开——三层楼高啊,摔下来竟然没有死!为了表示她此刻的惊悸,她右手按在自己的胸脯上,说:下葬时我一定给她多加几套裙子,你们不知道,她穿裙子呀,那像仙女一样好看。

而也只有在故事里,我们才能用一场大火避开一次阉割。在故事里我们可以存在随心所欲的意淫。而现实中大火从来不曾燃起,无论谁都只是一团俗肉,软绵绵没有一丝力量可以反抗,无端具备向庸常陷落的命运。

爱慕

一

儿时玩伴小界突然到东州来找我，说想找个人聊聊天。我带她逛了东州最大的寺庙金元寺，边走边讲解墙壁上的故事，说到阿难的石桥，小界神情肃穆，内心似有所动。“阿难对佛祖说：‘我喜欢上了一女子。’佛祖问阿难：‘你有多喜欢这女子？’阿难说：‘我愿化身石桥，受那五百年风吹，五百年日晒，五百年雨淋，只求她从桥上经过。’”其实这个故事是不久前我从一部武侠片里面学来的，现炒现卖，没想到小界对此竟然会五迷三道，一再追问讨论。随后我们在寺庙里吃了斋菜，便回到我的出租屋。我们坐在破旧的木沙发上喝着红酒，小界说这红酒不错。（当然不错，这是我家里唯一的一瓶红酒！）我们边喝红酒，边讨论《孙子兵法》。出租屋里没有电视，所以我想了个法子，将《孙子兵法》全部打印出来贴满了整面墙，这样，即使无所事事干坐着，我们也可以围绕《孙子兵法》谈一个下午。其实我的目光已经游离墙上的兵法，落到了她的身上。几年不见，小界依旧挺拔匀称，身体各部分十分紧凑。紧凑，这是我对女孩身材的综合指标：不管胖瘦高矮，紧凑是第一要旨。

盛夏的风从南边的窗户吹进来，鼓动着我的情欲，但我却不知如何对这个求知若渴的女子点明我自己的真实想法。离我们不到三米的地方摆着我的单人床，我咽了一下口水准备提议此情此景应该举行一个盛大的仪式，但再咽一下口水，我又预见小界可能会骂一声流氓拂袖而去。小界谈兴正浓，而我却因为频频走神而错漏百出。

“小界，你平时午休吗？”我试探道。

“不用，谢谢。如果你需要，那你睡会，我坐着看会书，等会就走。”

“我也不用。”我尴尬地笑笑，继续谈论兵法之道在交际中的运用。此时此刻，我无比羡慕自然界中除了人以外的其他一切雄性动物，它们喷喷激素，释放气味，或者弄点声响，一切雌性动物就都心知肚明，高山流水，闻弦歌而知雅意，一切心照不宣，它们会在这样一个炎热的午后迎来一个伟大的时刻，而不是端着劣质红酒假装高雅，一边还需要不停制造话题。

天气太热，红酒转眼已经喝掉一半。

我斜眼看了一眼小界，她低头不语，没有想走的意思，但又随时都可以从这扇门走掉。我想对我的儿时玩伴小界说：“让我再一次看看你的身体吧。"但我始终没有开口。我这里重点强调了"再一次",意在唤起她的记忆。但这份记忆估计是唤不醒的,它应该追溯到二十世纪八十年代,我们刚好四五岁光景,有一天,小界拉着我讨论男女之事。当然,我们用的是东州土话,对男女之事有不雅的叫法。那一天小界也像现在一样兴致勃勃,她首先用她贫瘠的语言描述了她见到的情景,但我并没有听懂,她其实也不懂。所以她提议我们爬到她爸妈的大床上去。爬床这个我还是可以做到的,搬一个小板凳垫脚,便可上去。可上去之后,她便要帮我脱裤子,我没让她这么干。所以她又提议让我爬到她身上去,我趴上去,她被压得透不过气来,终于还是把我推开,然后进一步讲解对准的问题,但我的把柄软塌塌如橡皮螺丝钉,这让小界大惑不解。我们光着屁股忙活了一个上午,还弄不清楚这到底是怎么回事,这让小界对她所见的情景更为迷惑。直到大人们从田地里干活回来,我们只能不欢而散。当时我还抛下狠话:都不好玩,我明天不跟你玩儿了。

后来我的小把柄终于可以伸缩自如,这让我惊奇不已,但矮胖子叔叔告诉我,这个是大象的鼻子,我听后大惊失色:"那我会不会有一天变成大象?"

"所有大象都是从一条象鼻子长成的。"矮胖子叔叔严肃地宣布,然后哈哈大笑起来。

从那天开始,我对自己的长大总是忧心忡忡,当然,我没有办法像

《铁皮鼓》里面的奥斯卡拒绝长大,我长大并拥有各种欲望——小时候因为贫穷被食物折磨,长大后又被情欲折磨。小界来找我之前半年,我刚结束了一段两地恋。因为我发现一个男人如果不要女人,就会被性欲折磨;如果有了女人,就会被爱情折磨。但两地恋,像养了一只网络宠物,她只在屏幕上出现,所以我既被爱情折磨,也被性欲折磨。我这个短期女友是个网络诗人,脾气暴躁,若话不投机,她往往选择挂电话。“啪!嘟嘟嘟……”就是这种声音,让人厌倦而又绝望的声音。她随即关机并切断一切的沟通渠道。我话未说完,既想解释清楚,又担心她的安危。据说诗人都比较容易自杀,所以我整天在揣摩电话那头她的语气,为此痛苦不堪。她并没有自杀,我已经得了轻度抑郁症,为了保命,我赶紧提出分手。这种时候,我会想,如果它是一条大象鼻子那该有多好。

二

“你还没有找男朋友?”总得找到一个切入点,离我的中心话题近一点。

“谈过,吹了。”回答十分简练。

“那得继续找啊,当剩女也可以,你得有这个资本。”我知道二十五六岁的女孩子对“剩女”这个词十分敏感,要是真剩了,那倒是死猪不怕开水烫,完全有理由破罐子破摔,但这种将剩未剩的状态,更令人揪

心。果然,小界当即侧过身来,盯着我:

“资本?你知道我是做哪一行的吗?”

妓女?一个词掠过我的脑海,我心中一震。但小界接着说:

“我在足浴城上班,天天闻着醉醺醺的男人的臭脚,能有什么资本?”

“不是的,我不是这个意思,”我有点慌乱了,本来以为她会对“剩女”这个词敏感,没想到她对“资本”更敏感,“其实你们这个是个技术活,脚底穴位通全身,养身保健是这个时代的重要主题。这个怎么说呢,反正比我厉害,别看我在网络公司上班,之前是拿一鼠标给公司刷广告点击量,现在主要业务是删帖,领导说删什么,我们就删什么;领导说弄个数据,必须能分析出什么结论,我们就弄出什么数据,跟妓女没两样。”

我一口气说了那么多,小界反而笑了:“你紧张啥?我又没哭鼻子,我的意思是,我没啥资本,男人愿意接近我、跟我套近乎,不就为了那个。不像你,跟你聊兵法,但感觉挺安全。”

跟我在一起安全?完了!我心里一阵冰凉,这个道德高帽一戴,我看啥都弄不成了。我抓了抓头发,皱起了眉头。

“干啥抓耳挠腮的?”

“哦,没,我只是在想你说的那个,是哪个?”

“讨厌!”小界娇嗔起来,倒是千娇百媚。

我顺势便说:“我要是说,我现在也有想跟你那个的想法,你不会生气吧?”说完这句话,我心里突然一阵舒坦,但又开始担心起来。空气瞬间凝固,出租屋里安静了下来,仿佛空气里的尘埃都在纷纷落地。

良久,小界幽幽叹出一口气来:“男人都一样!”言语间无比失望。

“你会这么想,其实也可能是你想法有偏颇的缘故,”我感觉有必要扭转小界内心的想法,“性其实是美好的,性与爱也应该是分开的,性本来就跟吃饭睡觉是一样的,只是总被添加了许多复杂的因素,就变得不美好,有时甚至成为一种交易,那就肮脏了。比如说婚姻吧,东州的观念还是比较陈旧,婚前守贞仿佛就能在婚姻交易中卖个好价钱。再比如很多女人会认为跟男人做爱,自己就亏了,仿佛整个过程自己没有得到快感一样。”

“当然是女人亏了,难道还男人亏了?”

“那不对,如果性爱双方是平等的,那就没有亏与不亏,就是两个人在一起吃一个冰淇淋,大家都在其中获得满足,甚至女人获得的高潮还要多一些。你之所以会认为自己亏了,是你认为整个过程是男人在消费女人,潜意识里就把自己当成一个商品,而不是享受性爱的主人。”

小界顿了顿才说:“你就会狡辩,我说不过你。”她站了起来,走到墙壁前面,抬头去看墙上的《孙子兵法》,“你天天都在研究兵法,我怎么可能说得过你?”

机不可失，时不再来，我站到她身后，胸口紧贴着她的后背，双手圈住了她的腰。我知道这样可以避免一些尴尬，果然，小界说了一声不要，伸手去扳我的手臂，但扳不开，我们的手就握在一起，我看到她胸口起伏，呼吸有点重，便轻轻亲吻着她的耳朵。小界轻轻颤抖了一下，我的双手在她松懈的这个瞬间，已经掌握了她的乳房。就这样，我终于有一个机会让她明白，我不是橡皮螺丝钉，也不是大象鼻子，而是擦得锃亮的枪支。

三

整个过程小界默不作声，她只是喘息，并轻轻咬着自己的嘴唇。战争结束之后，小界握着酒杯，小心翼翼将剩下的红酒喝完。我看到她的手在颤抖着，她双手捧着酒杯，貌似已经稳稳将酒杯扶住，但空空的酒杯还在跟着颤抖。

“怎么这么紧张，以前又不是没做过。”

“没做过，第一次。”

“第一次？没见你流血……”

“不知道，反正是第一次。”

她的膝盖紧紧并在一起，我解读着她的语气，她是认真的。

“我相信你跟我在一起时一直很开心，而最后的动作只是一场仪式。性心理学说，女人在仪式之前总是很矛盾，并会憎恨她的第一个男人。看来我完了,在你心目中我这个很动物的人会变得越来越无足轻重。”

“你很在乎我对你的感受吗?”

“人与人之间,总是有感情的。”被她这样一问,我内心突然升腾起一种愧疚,竟然将“感情”这两个字挡了过去。大概必须在爱的旗帜之下,性才能获得它的合法性,将性和爱剥离开的理论,在遭遇质询的时候依然显得无力。但我转念又想,刷新一个人的眼睛,真的那么重要吗?我们通常会付出成倍的努力,去改变一个人对自己的看法。我像是拿了自己不该拿的东西,然后再千方百计想去确认这件事的合法性,这样是否显得更加可鄙?

但正在我浮想联翩之际,小界撩了撩她耳边的头发,对我说:

“你能不能借我点钱?”

“借多少?要干什么?”“妓女”这样的词汇又重新回到我的脑海,但这个词很快就被熄灭了。

“我想去租一套大一点的房子。”

“为什么?”

“有一个客人,他家里是开珠宝店的,他经常会送我一些东西,”她又撩了撩耳边的头发,示意我去看她的耳环,“他说我的耳朵好看,就送了一对耳环给我,这个值不少钱。他经常很无聊,无聊的时候就来找我聊天,他不让我帮他沐足,只是让我陪他聊天,有时候躺在那里一聊就是一个下午。”

“然后呢?”

“半年了,我对他家里的状况很了解,我知道他的苦恼,他老婆无法生育,他想要一个孩子。他说可以签个协议,只要我帮他生一个孩子,他就在东州市区给我买一套房,还给我足够的钱,但我一直没答应。我也不敢告诉他,我还是个处女。但今天,我看这件事,也并非十分可怕,我想可以试试。他说帮我在他家附近租个房子,但我不想,我想自己租,不想离他太近,天天被盯着。只要一年时间,我就能在东州市区拥有一套房子,不管怎么样,我想试试。我一个洗脚女,我能有什么资本? ……”她抽泣起来,肩膀一耸一耸。

我沉默了。我想抽烟,但嘴里叼着烟,打开屋里的每一个抽屉却找不到打火机。

小界说:“我过来一直在犹豫,怎么开口跟你借钱。他让我搬进那套房子里,但我不想,我想自己租房,孩子生出来,给了他,我再搬进那套房。他说我固执,但我就是这么想的,现在搬进去,我不成了小三了吗? 我要的是干干净净的交易。”

当她在想怎么跟我借钱的时候,我正盘算着怎么跟她做爱。

“我们刚才那样,没事吧?”

“处女很难怀孕的,而且是体外开的枪,不怕。”

四

小界带我去看了她的客人许诺给她的房子，在一个小区里，九楼，所有的窗帘都紧闭着。一间空置的房，凌空占据着这个空间，怎么看都比我的出租屋神奇。但就是这样一个方格子的空间，居然要一个女人腾出她子宫的空间，来迎接一个不是因为爱而诞生的生命。

我帮小界在城郊找了一套宽敞的房子，租金稍贵，但小界喜欢那个朝南的阳台，她显然做好长期抗战的准备，拉着我逛花市，买回来各式各样的花，玫瑰、茉莉、菊花……都是常见的花儿，四季都有。我笑她俗，不专一，她说希望这一年每一天都能看到鲜花，看到阳光。“如果有一个大海，那就更好了。”她十分得意。

布置房间的过程中，我们又举行了一次仪式，小界说她渐渐喜欢上这件事，喜欢某个瞬间大脑空白，只有美好。她提议到阳台上去，再庆祝一次，但我说怕被人偷窥了，不去，其实我恐高。

大约一个月之后，小界说她怀孕了。她和她的客户签订了协议，然后请我到火锅城开涮了一顿。她不喝酒，也不让我在她面前抽烟，说孩子不能吸二手烟。我自己一个人喝完了三瓶啤酒，我说我酒量不好，三瓶下去头皮就有点涨，说：“其实住什么房子都无所谓。”但小界不这么看，她已经开始规划那套三室两厅的房子，说要给乡下失聪的寡母留出最大的那一间。

“老人住到城里来,怕是不习惯。”我说。

“有什么不习惯,我娘还没坐过电梯,她要能住到九楼去,一定高兴得合不拢嘴。”

“看你得意的,好像房子已经到手了似的,告诉你,你肚子里的孩子是他的,还是我的,现在还言之过早,就看谁家的孩子抢先着陆。”我醉醺醺地说。

但我知道自己说错话了,小界突然脸色煞白,她唰地站起来,将筷子往桌子上一摔:

“你混蛋!按照合同,孩子到时要做DNA检测的!你想害死我?”

我被她的怒火吓了一跳,环顾左右,周围的人都朝我们这边看。小界屁股一扭就走了,我付了钱追上去,但她不说话,甩开我拉她的手。一进门,她就将自己关到卧室里,自始至终不吭一声。

我瘫坐在沙发上,眼睛呆呆望着天花板。两只苍蝇正在天花板上停停走走,画着不规则的路线。老式的挂钟咣咣敲响,没记住敲了几下,只把我的心都敲空了,恍惚间自己已经置身寺庙之中,念经声嗡嗡响起。

醒来时,小界就坐在我对面,摆出一副谈判的姿势,眼睛直勾勾瞪着我看。

我揉了揉眼睛,伸了个懒腰:“你就这样看着我睡觉?有点吓人。”我用夸张的动作往胯下一摸,“幸好家伙还在,没被你这种危险分子剪掉喂狗。”

但这样也没法把小界逗笑,她依然一脸严肃:“我决定了。”

我最怕她说决定了,准没好事:“决定什么?”

“我决定去堕胎,就跟客人说流产了,得重新播种。”

她的神情告诉我,她是认真的。这回轮到我沉默了。

“你得带我去医院,我不能忍受一年后发现搞错了,那样我会疯掉的,还不如现在堕胎,从头再来。总之从今天起,你不能再碰我。”

“堕胎是有风险的,万一堕出一个不孕不育,再也生不出孩子,那怎么办?”

“那我就从这里跳下去!”她站起来,指着那朝南的阳台,阳光正透过落地玻璃打进来,刺眼的光仿佛一把把手术刀令人晕眩。

她抽回指着阳台的那只手,从茶几下面摸出香烟,扔给我:“你抽烟吧,孩子不要了,你现在抽烟吧! 我也抽!”

她取出一支香烟,用牙齿咬着,开始寻找打火机。

一股无名的怒火从我胸口升腾而起,我一伸手将她的香烟夺下,随手给了她一记耳光。我一把将她抱了起来。她一手勾住我的脖子,一手恶狠狠地回击,打了我两记耳光,我没有躲,我将她抱到床上,开始脱她的衣服。

我进入她的身体,她跟第一次一样,咬着嘴唇,一声不吭,既不反抗,也不叫床,就这样直挺挺躺着。我猛烈地进攻着,她终于把持不住融化了,她的手抱着我的背,指甲都掐进我的肉里,嘴里有节奏地呜呜喊叫着。

“不管你肚子里是谁的种,我都要你。”我在她耳边说。

她停住了。

“不管谁的,我都要你。”我重复了一遍。

她用牙齿咬着我的肩膀,将滚烫的眼泪涂在我的脖子上:“听你的,我都听你的,我们先一起讹他一笔钱再说……”

匕首

这两年活得有点没心没肺，大脑像个筛子，很多事过目即忘。朋友聚会约好了时间，也常常迟到，熟悉的人说我死性不改，不熟悉的人说我“装经”。“装经”我也认了——前几年爱写点小文章，在一家晚报开了一个专栏，朋友见了就说日后大有可为，都纷纷预言我“了不得”（通常提到这三个字，标配是竖起大拇指），都说我至少能从那所烦人的小学跳槽走人。后来神经衰弱，熬不了夜，专栏不写了，也就没人再这样夸我了——但迟到的老毛病是改不了的。这不，我赶到戴屋围的砂锅粥店时，苏达瓦已经微醺，开始夸夸其谈：

“前几天在论坛上看到一个帖子，给出一道公务员考试题目，有一列数字，分别是1、11、21、1211、111221，那么问，下一个数是多少？”

他故意停了一下，预留出了思考的时间。但没有人回答，大家为了配合他，都装出一副思索的样子，有人还用手指沾了啤酒，把数字写在桌子上。我拖过一把塑料椅子坐下，料想大家对我的迟到都习以为

常,但还是听到段碧君歪着头看着我笑:

“今晚这裙子很漂亮,余老师。”

“你这算是搭讪还是表扬?”我笑着回了一句。

“哎呀呀,要打情骂俏到旁边旅馆去,一百块一个晚上,现在大伙在思考公务员题目,这相当于当年的科举啊,考出来就是官老爷了。”苏达瓦在一旁抗议。

“你这题目比八股文还难,咱又不是数学家,还是直接说答案吧。”

估摸着没有人回答得了,苏达瓦环顾一圈,说出答案:“312211。”有人没听清,他又把答案重复一遍。苏达瓦得意扬扬,开始解说——后一个数是对前一个数的语文描述,前面的数字不是111221吗?后面312211,31就是三个一,22就是两个二 ,11就是一个一。

段碧君在一旁大叫坑爹:“拿这几个数,去买六合彩,准会中!”

于是话题开始由公务员转向六合彩,苏达瓦对香港六合彩的暗箱操作言之凿凿,列举了诸多证据证明完全可以通过各种图纸推测出六合彩的生肖。说完,他竟然从屁股后面摸出一份曾道人的图纸来。这苏达瓦,在东州开了一家药材店,暗里其实是个六合彩做庄的,所以他们有时候也叫他苏庄主。看到图纸,他们几个人不约而同都把头伸过去,一起研究了起来,很快他们得出结论,明晚六合彩的生肖是有尾巴的。

“哪个生肖是没有尾巴的?”我问。

他们掐着指头数了起来，都笑了，十二生肖都是有尾巴的。他们便追问我的生肖，我说属龙，如果强调是长尾巴那就是蛇了。他们说龙和蛇都得买。

我伸了个懒腰，抬头望天，夏日傍晚的天空还是非常漂亮的，蓝得让人忘记了其他颜色。此时路边的路灯提前亮了起来，整条十二指街在瞬间变得流光溢彩，让人忘记这是东州最接地气的一条美食街。美食街是媒体炒作出来的，其实就是很多成不了气候的砂锅粥店、鱼丸店、台湾烧仙草店等不入流摊贩小店的聚居地。段碧君就曾戏言这里聚集了东州三分之一的地沟油，还有商贩用罂粟壳熬制汤汁，称为大料，美味得让你欲罢不能，一吃再吃。

对于一个吃惯了路边摊的中国人来说，地沟油和罂粟壳都构不成我讨厌这个地方的理由。我从这个晚上开始讨厌这个地方，是从一个小偷开始的。

出门别带包，防抢，这几乎是家训。但今晚心情大好，我又穿了裙子，手机钥匙都没有口袋可放，只能拎着我的白色手提包。刚才坐下的时候我就随手将包放在我的背后，我最经典的动作是慵懒地靠在椅背上，这样就顺便把手提包压在屁股后面，如此一来本也万无一失。

可刚才我不是说了，我伸了一个懒腰，这很重要。就在我坐直身子的这个瞬间，一只手伸向我的椅背，动作迅捷无比，将包抽走了。

小贼来偷包了！

我知道这是一个小贼，是因为碰巧我袋子里的手机响了起来。对于一个经常赴约迟到的人来说，手机铃声是有必要调成最大音量的，而且还带震动："我在仰望，月亮之上，有多少梦想在自由地飞翔……"手机虽然放在提包里，但铃声依旧凄厉。

这个穿着天蓝色针织衫的小贼，照理说应该跟天空一样美好。但他没有，他拎着包，听到包里的手机铃声响起，像触电一样撒腿就跑。

我追！

我几乎是本能地追上去，我本来想喊一句什么，但忘词了，甚至连"抓贼"两个字都想不起来，我脑海全被手机、钥匙、钱包、手机里的电话号码、微博QQ微信自动登录、聊天记录，还有身份证补办、银行卡补办一类的念头占据了。对于一个慵懒的人来说，我向来最怕麻烦。最烦的是补办身份证，第二要命的是补办银行卡，排队、等候、填写各种表格，这很显然会要了我的命，所以眼下最经济的做法只有一个：追！

裙子很显然限制了我的速度，要不然我两千米冠军的成绩绝对不至于如此狼狈。我感觉自己就像一个富家小姐提着裙子在追赶马车里的薄情郎，欲哭不得，有心无力。

蓝衫男孩冲进了一条狭小的小巷，我心里充满了绝望，银行烦人的表格已经离我很近，但我还是继续追进了小巷。光线暗淡中我看到了他，暗喜夹杂着紧张从心头涌起。他没有跑，边走边开始翻找皮包里的东西，一小瓶护手霜被他扔到了路边。他凭什么断定我不会追进这条小巷子,我并不知道,但事实上,事后我回想起来,很显然有经验的人看到这样的小巷子是不会再追进去的,这里边必然会有接应的人,或者其他的埋伏。但我还是追进来了,他听到我脚步声的时候已经有点迟,他重新像触电一样甩开步子就如一只受惊的小鹿。但是我已经死死扯住了提包的一角,他只能转过身来和我拉扯,这时我看清楚了,我喊出了他的名字:"铁小华!"

他怔了一下,眼中露出凶光,我心中闪过一个词:杀人灭口。

不会的,应该不会的,无论怎么说,我还是他的语文老师,还曾经是他的班主任。但我又一次错了,铁小华伸手到提包里摸出了钱包,他放开提包,他只拿走了钱包,然后,他变魔术似的手里便多了一把匕首,他举起了匕首,是的,明晃晃的匕首。他放开提包的时候,我向后趔趄了一下,就在这个瞬间,铁小华选择向我身后跑去,在经过我身旁的时候,他伸出匕首插向我的大腿。我明白他的意图,他只是想让我不再去追他,追我的钱包。

"铁小华!"我本能地第二次喊出他的名字。

他朝我看了一眼,眼神中有些慌乱,他的手颤抖了,他的匕首刺偏了。是的,你猜错了,他没刺死我,他的小匕首刺向了我的屁股。

这时,戴屋围突然和一把匕首联系在一起。

这时,我突然听到裙子刺啦一声被划破的声音,紧接着咔嗒一声,匕首好像折断了。

我被吓蒙了。

铁小华也消失不见了。他消失之前手里紧紧攥着我的钱包,或者那是一截匕首的把子。

我的手本能地摸向屁股,这次你猜对了,风吹屁屁凉,裙子褶皱里被划开一个口子,而且,左边屁股上似乎有一截硬邦邦凉冰冰的东西,插在我雪白的左屁股上。一截匕首?!但为什么不痛呢?是的,我一点都感觉不到痛。难道匕首插断了我的痛感神经?

我提着手提包往回走:戴屋围小巷、匕首、手提包……我去年教过的学生铁小华!

跟做梦一样。我不禁第二次摸向我的屁股,这次我有意识地整理了一下裙子,力争把屁股盖住。但这时我发现那半截匕首消失不见了,取而代之的是一个隆起的包,仿佛我屁股上的肉将那半截匕首一口吃了进去,隆起了鼓鼓的胃。是的,隆起的包硬邦邦的,跟一截匕首也差不多,我能从这个肉团中感觉到一把匕首的形状。我疲惫地往外走,内心非常失落。或者,压根就没有匕首,只是我紧张得眼花了。

灯光耀眼,我只能将包挡在屁股后面,假装十分自然地往回走,因为这时我发现苏达瓦、段碧君他们迎面走过来,当然免不了一阵语气关切的询问。在得知钱包被抢但手提包夺回来之后,他们口中都念念有词:"人没事就好,人没事就好。"

"你怎么能反应那么快?你跑到路对面去我们都还没明白怎么回

事,我说余美女你平时不是跟死猫一样吗,怎么被抢包就变成女版成龙了?”段碧君说。

我有些沮丧。

他们变换着各种方式安慰我,反而让我感觉这件小事似乎真的不小,大大超出了一个女人的承受范围,而我理应伤心一下,至少做出悲悲戚戚的表情。

“你们不懂,这就是典型的鲶鱼效应,”段碧君提高了声调,“她就是一条奄奄一息的沙丁鱼,小毛贼就是一条鲶鱼,凑一起,活了。所以嘛,破财消灾,说不定是好事。”

又有人问我:“你什么生肖的,明晚六合彩一定开你! 一定开你!”

我白了他一眼,我屁股上都给人家插了一把匕首,还拿我寻开心。他朝我的屁股看了一眼,发现没有流血,就不好意思再往屁股处看。

“我们余老师应该是属龙,尾巴大着呢,龙字还藏着一把匕首,铁定开不了。”

“你们就关心六合彩……”

“关心六合彩,更关心你嘛!”段碧君学着广告里的声音说,“丢了很多钱?”

“钱倒不多,就是办证太麻烦。而且本来打算假期去一趟新疆,这下可能就去不成了。”

我想回家,但又不好走。因为我不能确定裙子的破损程度,唯一可以确定的是我转身离开,屁股必然会落在他们的视线范围里。更要命的是,我感觉左边屁股上的硬块似乎越来越大了。

“对了!”刚才一直没说话的苏达瓦突然一拍大腿,“我或许有办法!”

大家都不知道他有什么办法。但向庄主很自信地站起来,转到一棵树后面去打电话,聊了一会,他过来了:“余美人,你今天命好,我老板答应将你的钱包送回来。”

我很快领会到,他说的老板,应该是六合彩的大东家。但钱包怎么会在他手里呢?铁小华是他亲戚?他也是小偷的头头?

果然,没过多久,一辆雷克萨斯停在路边,苏达瓦赶紧迎了上去。一个瘦小精明的男人从车上溜了下来,他穿着棕色的皮鞋,光亮刺眼,头发往后面梳过去,也刺眼。他腋下夹着一只黑色的皮包走过来,大家都纷纷起身相迎。他对着我笑,伸出手来,和我握手:

“你就是余老师吧?真不好意思,不知道你是云生的朋友,多有得罪!那小家伙不懂事,我待会就让人拔掉他一个指甲,以示警诫,请你见谅!”

他语速非常平缓,而我脑海里浮现一个指甲被揭去的血淋淋的情景,身上起了一阵鸡皮疙瘩。他却从容不迫地打开皮包,从中取出我的小钱包,递给我。

在我接过钱包的时候,苏达瓦赶紧介绍:“这是我的大老板,蔡老大,他是天文爱好者,对周易星占之道非常精通,还跟霍金有过深入的交流。”

段碧君奉承道:“能和霍金聊得来的不多,真的不多,英语一定特好……”

大家都笑了。

“我跟霍金一起到酒店玩过,他爱玩!”蔡老大淡淡一笑,“余老师在实验小学?那学校离我家近,我孩子明年可能到你那去读小学,或许还会是你的学生。尊师重教,倍感荣幸,以茶代酒,敬你一杯!”

“蔡老大都这么说了,我也就不见外了。有个不情之请,不知道能否应允?”根据语境,我也开始跟他讲书面语。

“请讲!”

“刚才那孩子,如果没认错应该是我以前的学生,去年他才从我们小学毕业,学习很勤奋,只是不知道怎么刚才不认识我了。我想你能不能别拔他的指甲,毕竟是个孩子……如果可以,我想你现在能否把铁小华叫过来,我想当面问他话……”

“你求情,不拔指甲这个可以,但行有行规,寄生虫不见宿主,这是古训,不可违例。再说他也不是你的什么学生,也不瞒你说,我带这个小伙计已经两年了,小名阿忠,外号鼻子,他的本名呢,不叫铁小华,叫铁小忠。父母都爱赌,特别爱赌六合彩,欠我的钱他们八辈子都还不清,只能把孩子押给我当伙计。你说的铁小华,应该是他双胞胎的弟弟。我当时说了，如果他家出了状元，有人考上公务员，我就让阿忠回家。”

段碧君给蔡老大斟茶，便接话说：“啧啧，多感动天地的故事，弟弟中了状元，来把哥哥赎出来……这弟弟什么时候能中状元呢？希望有生之年，能看到这感人的场面。只是阿忠在大哥您那混得那么有出息，他自己愿意被赎回去吗？”众人都小声奉承赔笑着。

蔡老大喝了一口茶，然后摇了摇头：“永远没机会了。”

我们都用疑惑的眼光望着他。

他的视线巡视了一圈，停在我的脸上：“可能余老师还不知道，就在今年春节的时候，你那可爱的学生铁小华死了。”

“啊？”

“大家都知道彩虹路转角的地方有个高压变电台吧？……对，就那个……很多年前就有了，高压台旁边有一条沟，长了很多草，那几天刚好下雨打雷，有一根高压线掉进沟里，还没来得及修理。这本来也不碍事，那个路口也少有人走，即使有人来来往往也没人会往沟里走……”

蔡老大卖了个关子，点了一根烟才接着往下说：“但铁小华那天路过尿急，竟然对着那条小土沟撒尿……”

全场安静了下来。

蔡老大说：“所以最后就那结果。为此阿忠疯了好几天，总说他弟弟变成一把匕首,他一直随身带着一把匕首。那家伙偷东西也不睁大眼睛,总有一天我得被他害死。”

我下意识挪了一下屁股,很明显,那截匕首还在,只是好像变成我身体的一部分。

段碧君在这个时候哎呀了一声:“我想起来了,我在东州的城市论坛上看过这条新闻,一个小孩乱撒尿被高压电电死,当时我还骂记者没事干,整天躲在家里编故事,没想到是真的! 哎呀!”我突然特讨厌他说话。

大家又天南地北聊了一会儿,蔡老大就起身告辞,然后其他人也都纷纷表示要走。我跟苏达瓦要了香烟和火机,我说我想一个人在这里坐一会儿,让他们先走,反正钱包要回来了,就让我来结账就好。其实我只是想等他们走了,我起身走路一身破裙不会太尴尬。

段碧君站出来表示理解,还说为人师表就是重感情,平时不抽烟的还要点香烟祭奠亡灵。我假装生气要拿旁边的啤酒瓶砸他,他才嬉皮笑脸地走了。

人都走了,四周重新安静下来。我点了一支烟,想起开学第一天见到铁小华的时候,他戴着鸭舌帽,遮住了大半张阴郁的脸。我当时还以为他脸上有什么伤疤或白癜风怕人瞧见,后来才发现没有,他只是不爱说话。他经常在作文本里给我夹纸条写几句莫名其妙的话,有时候我也不知道怎么回应他。他很少笑,却在课桌底下放了一小盆仙人球，半个拳头大小。每次轮到他打扫卫生，他总是把讲台和黑板擦得一尘不染。然后呢？我突然发现脑海中一片空白，关于这个学生，我并不能了解更多。

一连抽了三根香烟，太久没抽，嘴里全是口水，我朝旁边的树桩狠狠地吐了一口。

夜深了，我付了钱，起身正想走，突然哐当一声，从我屁股后面掉出半截匕首，明晃晃亮晶晶，像一条深海的小鱼。就在这个时候，在树的阴影里窜出来一个男孩，在地上打了一个滚，将那半截匕首抓在手里，然后爬起来，鬼一样跑掉，消失在另一条小巷里。我并没有看清他的脸，更没能知道他是否少了一个指甲。

我往屁股上一摸，那硬邦邦的肉包果然不见了。我想喊住阿忠，对他说些什么，但能说什么呢？叫他逃离蔡老大？但据说每一个老大都会把伙计作案的场景录像拍照保留了证据，每一个老大都十分自信且有背景，他能跑到哪？跑到嗜赌成性的父母那里吗？

我转身离开，不小心踢到一只啤酒瓶，瓶子咕噜咕噜，滚出好远。